AF175631

Valerie Dusange

Das Geheimnis von Noellenberg

Ein mystischer Adventskalender

Impressum

Bibliografische Information der Deutschen Nationalbibliothek:
Die Deutsche Nationalbibliothek verzeichnet diese Publikation in der Deutschen Nationalbibliografie; detaillierte bibliografische Daten sind im Internet über http://dnb.dnb.de abrufbar.

© 2020 Valerie Dusange

2. Auflage 2024

Herstellung und Verlag: BoD – Books on Demand, Norderstedt

ISBN: 978-3-7519-9760-7

Kapitel

Über die Autorin:

Valerie ist am Rande des Ruhrgebiets aufgewach-
sen, wo sie heute noch lebt und arbeitet.
Neben dem Schreiben zählen Fotografie, Konzerte
und Reisen zu ihren größten Leidenschaften.

Folgt ihren zahlreichen Abenteuern auf:
Instagram: @val.dusange
Facebook: www.facebbok.com/val.dusange
Homepage & Blog: dunkelbunt-productions.de

01: Neue Nachbarn

Als Trude Herrmanns an diesem Morgen ihr Wohnzimmer im dritten Stock betrat, ahnte sie noch nicht, dass dieser Tag das Leben aller Bewohner Noellenbergs auf den Kopf stellen würde. Doch so zog sie, wie an jedem Morgen, pünktlich mit dem Glockenschlag die Vorhänge zur Seite und warf einen kurzen Blick auf das TV Programm des Tages. Sie seufzte.

„Jeden Tag der gleiche Mist.", brummte sie ärgerlich und drehte ihren Ohrensessel zum Fenster. Sie ließ einen ersten Blick über den Marktplatz schweifen. Noch lag alles still und friedlich unter einer dünnen Schneeschicht, doch schon bald würden die ersten Pendler und Schüler die Straßen bevölkern, oder sich beim Bäcker gegenüber in den viel zu engen Verkaufsraum drängen. Trude hatte das große Glück eine Wohnung in der Innenstadt zu bewohnen, die nach Norden ging. Die Fenster ihres Wohnzimmers boten ihr somit einen perfekten Ausblick auf die gesamte Altstadt. An klaren Tagen konnte sie sogar bis zum Buchenhain und der Lichtung im Wald blicken. Doch am liebsten vertrieb sich Trude die Zeit damit, die Geschehnisse auf dem Marktplatz zu beobachten. So entging ihr nie auch nur die kleinste Neuigkeit, die sie in ihrer wöchentlichen Kaffeerunde zum Besten geben konnte. Sie schmunzelte. Sicherlich würden ihre Freundinnen schon ganz begierig darauf sein zu erfahren, ob sich der Bürgermeister mit seiner Frau ausgesöhnt hatte, oder wieder mit seiner Sekretärin, die vom Alter her seine Enkelin hätte sein können, in seinem protzigen Schlitten zu einem wichtigen Termin fuhr. Während Trude ein selbstgebackenes Plätzchen aus ihrer Keksdose fischte, musste sie stutzen. Aus den Augenwinkeln heraus war ihr etwas Merkwürdiges aufgefallen. Sie rückte näher an die Kante ihres Sessels und setzte sich ihre Brille auf, um besser in die Ferne sehen zu können. Auf der Lichtung des Buchenhains erblickte sie die hellerleuchteten Fenster eines Hauses. Nur gab es dort mindestens seit Trudes Geburt kein Haus. Verwirrt schüttelte sie den Kopf und kniff mehrmals die Augen zusammen. Doch das Haus verschwand nicht.

„Günni, komm mal her und sieh dir das an!", rief sie. Der Zwergspitz, der bis zu diesem Augenblick ruhig in seinem Korb geschlafen hatte, sprang auf und lief schwanzwedelnd zu seinem Frauchen. Trude hob den Vierbeiner hoch und drehte ihn so, dass auch er aus dem Fenster blicken konnte.

„Schau mal dort, auf deiner Wiese, da war doch gestern Abend bei unserer Runde noch kein Haus, oder? Meinst du, wir sollten uns das mal aus der Nähe anschauen?", fragte sie. Der Vierbeiner bellte, was Trude als bejahendes Zeichen gelten ließ.

„Das sehe ich auch so. Na dann komm.", sagte sie zu ihrem Hund und deutete mit dem Arm auf den Flur. Der Rüde rannte los und brachte Trude seine Leine. Sie befestigte den Haken an seinem Halsband, ehe sie sich einen Mantel und ihren Sonntagshut überzog und gemeinsam mit ihrem Vierbeiner einen langen Morgenspaziergang zum Buchenhain antrat.

„Guten Morgen Frau Herrmanns. Sie sind aber heute früh dran.", grüßte sie der Buchhändler, dessen morgendliche Joggingrunde ihn stets an der Bäckerei vorbeiführte.

„Ich bin nur kurz auf dem Weg zur Wiese. Dort habe ich etwas Seltsames beobachtet.", berichtete sie ihm kurz mit verschwörerischer Stimme und beugte sich bei jedem Wort näher in seine Richtung. Der Buchhändler lachte laut auf. „Ja, das will ich glauben. Ich konnte es auch nicht fassen, dass sich für die alte Hütte da oben endlich ein Käufer gefunden hat. Erzählen Sie mir hinterher, wie die neuen Bewohner sind und erwähnen Sie den Leuten gegenüber, bei Gelegenheit, meine Buchhandlung.", bat er, ehe er seine Joggingrunde fortsetzte. Trude blickte zu ihrem Zwergspitz.

„Was war denn das für eine seltsame Aussage?", fragte sie in seine Richtung, erhielt als Antwort aber lediglich ein Schwanzwedeln. Grübelnd setzte sie ihren Weg zur Lichtung fort. Dort angekommen, traute sie ihren Augen nicht. Inmitten der Lichtung, von einem hüfthohen Zaun umgeben, thronte ein windschiefes Fachwerkhäuschen mit qualmenden Schornstein. Ein gepflasterter Weg führte vom Wegrand des Waldes direkt zu dem verschlossenen Tor, an dem ein Schild mit dem Namen „Knecht" baumelte. Trude folgte dem Weg und warf einen Blick über den Zaun. Dahinter lag ein liebevoll angelegter Kräutergarten, der an einem Holzschuppen endete. Nichts deutete darauf hin, dass dort am gestrigen Abend nichts weiter als eine Wiese gelegen hatte, die sämtliche Hundebesitzer der Umgebung als Treffpunkt nutzten. Als Trude ihren Hund hochhob, um ihn ebenfalls über den Zaun blicken zu lassen, näherten sich von hinten Schritte. Trude drehte sich um und wich erschrocken zurück. Ein Mann, das Gesicht halb unter der Kapuze seines schwarzen Sweatshirts verborgen, näherte sich ihr. Sein Gang war ungleichmäßig, er zog das rechte Bein etwas nach. Die Hände hatte er in den Taschen seiner schwarzen Jeans vergraben.

„Was wollen Sie hier?", blaffte er sie unfreundlich an. Mittlerweile war er so nahe gekommen, dass Trude sein Gesicht erkennen konnte. Eine Narbe zog sich quer über sein gesamtes Gesicht und verlieh der scharfkantigen Nase etwas Rüpelhaftes. Doch was Trude einen Schauer über den Rücken jagte, waren seine Augen. Sie konnte die Farbe nicht genau benennen, doch sie schienen tief rot zu glühen und sie voller Hass und Abscheu anzu-starren. Erst als er spöttisch eine Augenbraue hochzog, erinnerte sich Trude daran, dass er ihr eine Frage gestellt hatte.

„Verzeihen Sie, dass ich so unangemeldet hier auf-tauche. Mein Name ist Trude Herrmanns und ich möchte Sie ganz herzlich in Noellenberg willkom-men heißen.", sagte sie lächelnd und reichte dem Fremden die Hand. Der starrte ihre Finger an, als seien sie hochgiftig, nickte kurz und brummte et-was Unverständliches als Antwort.

„Sagen Sie… Etwas ist doch ein wenig seltsam. Ich war gestern Abend noch mit meinem Hund Gün-ther auf seiner Gassi Runde hier. Da stand dieses Haus noch nicht. Wie ist das möglich?", fragte sie ihn direkt und verschränkte die Arme vor der Brust. Die Augen des Fremden weiteten sich kurz, ehe sich sein Gesicht wieder zu einer unfreundli-chen Maske verzog.

„Fertigbau.", brummte er, während er sich an Trude vorbeischob und die Klinke des Tores hin-unterdrückte. Er stapfte zur Haustür und öffnete sie.

„Ella, das Willkommenskomitee steht draußen.", rief er in den Flur, ehe er hineinging und die Tür einen Spalt offen ließ. Kurz darauf trat eine junge Frau hinaus, die Trude den Atem stocken ließ. Sie schien das absolute Gegenteil des Fremden zu sein. Ihre langen blonden Locken wippten bei jedem ihrer Schritte und ihr Gesicht strahlte mit ihrem weißen Kleid um die Wette.

„Guten Morgen.", grüßte sie mit glockenheller Stimme und lächelte Trude offen an.

„Verzeihen Sie bitte die Laune meines Mannes, er ist manchmal ein alter Brummschädel.", bat sie mit funkelnden Augen. Trude begrüßte auch sie im Namen des Dorfes.

„Wie unhöflich, ich habe mich ja noch gar nicht vorgestellt. Mein Name ist Ella Knecht. Meinen Mann Ruprecht haben Sie ja bereits kennengelernt. Nun, wir sind die neuen Nachbarn.", stellte Ella sich und ihren Gatten vor. Trude zog die Stirn in Falten. Sie fragte sich, was eine junge Frau wie Ella dazu veranlasste einen solchen Griesgram von Mann zu heiraten.

„Was führt sie beide denn nach Noellenberg?", fragte sie.

„Die Arbeit. Wir haben beide hier eine Beschäftigung gefunden.", antwortete Ella.

Die beiden Frauen unterhielten sich noch eine Weile und Trude erzählte von der Stadt, ehe sie sich mit einer Einladung zum Tee und Plätzchen verabschiedete.

„Wir haben ein Problem."

Ruprecht hatte die gesamte Unterhaltung vom Küchenfenster aus belauscht. Ella blickte ihn fragend an, was Ruprecht ein genervtes Augenrollen entlockte.

„Die alte Schachtel erzählte mir, dass dieses Haus gestern noch nicht an dieser Stelle stand.", berichtete er. Dann grinste er und setzte hinzu: „Womit sie ja durchaus Recht hat. Aber das dürfte sie gar nicht mehr wissen."

„Das ist unmöglich.", entgegnete Ella mit blassem Gesicht.

„Da hat wohl jemand einen Fehler gemacht?", schnurrte Ruprecht und blickte Ella vielsagend an.

„Nein, der Zauber wurde auf das gesamte Dorf gelegt, ich habe es selbst überprüft. Da liegt kein Fehler vor.", stammelte sie.

Ruprecht lachte kurz auf.

„Ihr seid so leicht zu verunsichern, Ella. Oder sollte ich sagen ‚liebste Gattin'?"

Ella schüttelte den Kopf. Der Gedanke, mit ihrem Gegenüber für die nächsten Wochen zusammenzuleben und sich in der Öffentlichkeit als Ehepaar auszugeben behagte ihr nicht.

„Als ob dich jemals irgendwer heiraten würde, Ruprecht.", versetzte sie und wandte sich von ihm ab.

„Sie stehen Schlange.", knurrte er.

„Wird Trude Herrmanns unsere Arbeit hier gefährden?", fragte sie, um vom Thema abzulenken. Ruprecht überlegte kurz, ehe er antwortete.

„Nicht, wenn sie die Einzige ist, bei der die Magie nicht gewirkt hat. Sie ist alt und mit Sicherheit schon etwas tattrig. Dennoch sollte jemand von uns, und das werde nicht ich sein, sie beobachten." Ella prustete.

„Ach, damit du dir einen Vorteil erschleichen kannst, während ich auf die alte Dame aufpasse?", entgegnete sie. Ruprecht zuckte mit den Schultern.

„Ich habe nie gesagt, dass ich fair spiele. Ich bin, im Gegensatz zu dir, schließlich kein ach so heiliges Engelchen.", erwiderte er mit einem leichten Grinsen im Gesicht. Ella rollte mit den Augen.

„Richtig. Dann wären wir ja auch gar nicht in dieser Situation.", gab sie zurück und funkelte ihn an. Jetzt war es an Ruprecht, sie genervt anzusehen.

„Wie schön, dass du das Offensichtliche noch einmal erwähnst.", stöhnte er.

„Also wie wär's mit einer kleinen Tour durch Ihre neue Heimat mit anschließendem Frühstück, Flatterfrau?", setzte er hinterher und bot ihr seinen Arm an. Ella hob eine Augenbraue.

„So charmant?", fragte sie gespielt überrascht, nahm aber dennoch seine Einladung an.

„Nur, weil du zum allerersten Mal hier unter Menschen bist. Und damit du dir einen ersten Eindruck von dem Ort machen kannst, der an dem Untergang der Menschheit Schuld haben wird."

„Falls du gewinnen solltest, was ausgeschlossen ist."

„Du glaubst also allen Ernstes, dass die Menschen sich für den Weg des Guten entscheiden, statt ihrer dunklen Seite nachzugeben?"

„Selbstverständlich."

Ruprecht schnaubte.

„Du wirst kläglich scheitern, aber es soll mir Recht sein. Welches Datum haben die Menschen heute überhaupt?", fragte er unvermittelt.

„Den 1. Dezember.", antwortete Ella.

„In Ordnung. Hier ist mein Vorschlag: Wir stellen die Menschen bis Heilig Abend auf die Probe. Wenn mehr Leute deinem guten Weg folgen, gewinnst du und ich werde niemanden mehr bestrafen können. Sollte sich die Mehrheit jedoch der dunklen Seite hingeben, so verliert die Menschheit ihren freien Willen und ist mir fortan Untertan. So oder so, es wird eine spannende Vorweihnachtszeit für die Noellenberger." Er hielt ihr seine Hand hin und Ella schlug ein. Sie wusste, es war ein Risiko, auf dass sie sich einlassen musste. Denn nur so konnte sie ihrer eigentlichen Aufgabe nachgehen. Doch das durfte Ruprecht niemals erfahren. Mittlerweile hatten sie die Ausläufer der Innenstadt erreicht und standen vor einem alten Gebäude, das früher einmal eine Schmiede gewesen war, doch mittlerweile eine Frühstückspension beherbergte. Obwohl es ein normaler Wochentag war, wurde der Frühstücksraum von zahlreichen Grüppchen belagert.

„Wenn wir dort hineingehen und die Bewohner uns sehen, gibt es kein Zurück mehr, Ella. Das ist deine letzte Chance auszusteigen.", stellte Ruprecht klar. Doch die junge Frau schüttelte energisch den Kopf.

„Nein."

„Dann sei es so. Mögen die Spiele beginnen."

Hinter dem QR Code verbirgt sich ein kleines Extra zur jeweiligen Geschichte. Ob Rezepte, Konzept Fotos zur Geschichte, Bastelanleitungen, Playlisten, oder etwas ganz anderes – lassen Sie sich täglich neu überraschen.

Scannen Sie einfach den Code mit Ihrem Smartphone. Gegebenenfalls wird eine zusätzliche App benötigt, um den Code scannen zu können.

02: Ein verhängnisvoller Handel

Als Elmar Grund am Abend des 4. Dezembers seinen Kassenstand prüfte, schlich sich ein kleines Lächeln auf die Lippen des Buchhändlers. Wäre sein Angestellter zu diesem Zeitpunkt noch im Laden gewesen, hätte er die kleine Bewegung vermutlich für das neuste Weltwunder gehalten. Schließlich kannte er seinen Chef nur mit chronisch heruntergezogenen Mundwinkeln. Während Elmar ein dickes Bündel Scheine aus der Kasse nahm, sinnierte er kurz darüber nach, dass er die besten Umsätze seines Lebens im Grunde besagtem Angestellten zu verdanken hatte:

Als am Morgen des 1. Dezembers das Telefon in der Abstellkammer, die Elmar sein Büro nennen musste, klingelte, sank die Laune des Buchhändlers in Richtung des absoluten Nullpunktes. Die Krankmeldung seines Angestellten bedeutete, dass er den gesamten Tag an der Kasse sitzen musste. Er zog sein Sakko über, nur um festzustellen, dass es in der Zwischenzeit eingelaufen sein musste. Es spannte besonders um seine Mitte herum.

„Hinter dem Tresen fällt es niemandem auf.", brummte er seinem Spiegelbild entgegen und öffnete die Knöpfe wieder.

In wenigen Schritten hatte er den winzigen Flur zum Verkaufsraum durchquert und schloss pünktlich zur Ladenöffnung die Tür auf. Bis zur Mittagspause kam lediglich eine ältere Dame hinein.

„Nanu, wo ist denn Herr Seifelt?", fragte sie verdutzt, als sie den Chef persönlich hinter der Kasse sitzen sah.

„Krank.", gab er kurz zurück.

„Och, das ist aber schade. Er ist so ein Lieber. Hier, ich habe etwas für ihn mitgebracht. Sie geben es ihm einfach, wenn er wieder gesund ist.", bat sie und drückte Elmar eine Metalldose in die Hand. Auf der Dose klebte eine kleine Pappkarte, die Jan Benedikt Seifelt als Empfänger auswies. Kaum war die Kundin verschwunden, öffnete Elmar die Dose und warf einen Blick auf den Inhalt. Seine Augen weiteten sich, als er ein gutes Dutzend Spitzbuben entdeckte.

„Sein Pech, dass er heute nicht da ist.", murmelte er, während er sich den ersten Keks aus der Dose stibitzte. Bis zur Mittagspause hatte er gut die Hälfte seiner Lieblingsplätzchen verdrückt.

„Irgendwie muss man die Zeit ja schließlich rumkriegen.", rechtfertigte er einen erneuten Griff in die Dose, während er einen jungen Mann dabei beobachtete, wie er sich die Klappentexte der Neuerscheinungen durchlas, verglich, einige Fotos der Cover mit seinem Smartphone schoss und den Laden ohne einen weiteren Kommentar wieder verließ.

„Schon mal was von Buchpreisbindung gehört? Selbst im Internet bekommst du das nicht billiger.", rief er dem Kunden wütend hinterher.

„Die moderne Technik ist des einen Segen, des anderen Fluch.", ertönte eine seidig tiefe Stimme aus der Leseecke. Elmar fuhr erschrocken herum.

 Dort saß ein Mann in schwarzer Stoffhose, ebenso schwarzem Hemd und klobigen Stiefeln. Der Rest war hinter einer aufgeschlagenen Zeitschrift über Motorräder verborgen. Weder hatte Elmar gehört, dass der Mann den Laden betreten hatte, noch bemerkt, wie er sich eine Zeitschrift aus der Auslage vor der Kasse genommen hatte.

„Äußerst suspekt.", murmelte Elmar so leise, dass es der Fremde nicht verstehen konnte.

„Und für Sie ist es also eher ein Segen?", fragte der Buchhändler mit verschränkten Armen.

„Wenn Sie so wollen.", antwortete der Mann und legte die Zeitschrift achtlos auf das kleine Tischchen neben dem Sessel. Erst jetzt registrierte der Buchhändler den schwarzen Aktenkoffer, der neben dem Fremden stand. Er kniff die Augen zusammen. Wenn er Etwas nicht ausstehen konnte, dann waren es Vertreter, die ihm irgendeinen Quatsch für eine horrende Summe andrehen wollten. Elmar hatte sich gerade einen Satz zurechtgelegt, mit dem er den Fremden möglichst unfreundlich vor die Tür setzten wollte, als dieser ein Buch aus dem Aktenkoffer zog.

„Herr Grund, ich weiß Sie mögen keine Vertreter. Ich versichere Ihnen, ich bin auch keiner. Zumindest nicht im klassischen Sinne. Daher möchte ich Ihnen nicht nur irgendein Geschäft anbieten. Ich biete ihnen nicht mehr und nicht weniger als das Geschäft ihres Lebens an. Sie bekommen die exklusiven Vertriebsrechte an meinem Buch. Die Hälfte der Einnahmen gehört dann Ihnen. Doch ich muss Sie warnen. Dieses Buch ist gefährlich.", erklärte er und legte das Buch ebenfalls auf dem kleinen Tisch ab.

„Ich lasse Ihnen ein Exemplar meines Werkes hier. Lesen Sie es. Ich werde morgen früh wieder herkommen. Dann benötige ich Ihre Entscheidung.", fuhr der Fremde fort, nickte Elmar zu und verließ das Geschäft mit einem letzten: „Bis Morgen."

Noch immer stand Elmar mit verschränkten Armen hinter der Kasse.

„Ich lese es nur, weil momentan nichts zu tun ist.", rief er in Richtung der Fußgängerzone, in die der Mann verschwunden war. Elmar schnappte sich das Buch vom Tisch und überflog den Klappentext. „Nicht schlecht.", murmelte er und warf einen Blick auf die Vorderseite des Einbands. „Ruprecht Knecht. Ich hoffe, das ist ein Pseudonym und nicht sein wirklicher Name.", brummte er belustigt.

Doch schon während der ersten Seiten des Romans war er dermaßen von der Handlung gefesselt, dass er alles um sich herum vergaß. Erst als das Telefon zwei Stunden nach Ladenschluss klingelte, schreckte Elmar hoch.

„Hallo Willi. Die Skatrunde? Jetzt schon? Oh so spät? Nein. Ich hab noch im Laden zu tun. Der Seifelt ist krank. Es bleibt also alles wieder an mir hängen. Ja. Nächste Woche wieder. Bis dann.", antwortete er in den Hörer, ehe er sich wieder dem Buch widmete. Er konnte sich regelrecht mit dem Protagonisten identifizieren: Ein kleiner, rundlicher Mann mit Halbglatze in seinen besten Jahren. Doch während das Äußere des Charakters Elmars Ebenbild zu sein schien, so erlebte der Mann im Buch die entzückendsten Dinge, die sich Elmar nur vorstellen konnte.

„Als ob daran etwas gefährlich sein soll.", murmelte er, nachdem er in den frühen Morgenstunden das Buch beendet hatte. Erstaunt starrte er auf die Uhr in seinem Büro. Er fragte sich, wann er das letzte Mal eine Nacht durchgelesen hatte, um zu erfahren, wie eine Geschichte endete. Vermutlich nicht mehr seit der letzte Band über den Zauberlehrling erschienen war. Ein Geräusch an der Tür riss ihn aus seinen Überlegungen.

„Guten Morgen, Herr Grund.", krächzte sein Angestellter. Die Augen hinter seiner Hornbrille waren noch etwas verquollen, der Seitenscheitel nicht ganz so akkurat wie sonst und auch der Pullunder war nicht gebügelt.

„Mir geht es schon wieder viel besser.", erklärte er und musste sich direkt lautstark schnäuzen.

„Das sehe ich.", kommentierte Elmar Grund kopfschüttelnd.

„Draußen wartet schon ein Kunde auf Sie. Ein seltsamer Typ. Den habe ich auch noch nie hier gesehen.", erzählte Jan und deutete mit seinem Daumen auf die Eingangstür in seinem Rücken.

„Lassen Sie ihn herein.", forderte Elmar seinen Angestellten auf und warf sich wieder in sein Sakko.

„Sie tragen die gleiche Kleidung wie am Vortag. Ich nehme also an, Ihnen hat mein Werk gefallen?", kombinierte Ruprecht anstelle einer Begrüßung und überging geflissentlich die ausgestreckte Hand des Buchhändlers. Elmar nickte und beobachtete, wie der Autor seinen Aktenkoffer öffnete und einen Stapel Papiere hervorzog.

„Das ist der Vertrag. Sie müssen nur auf der letzten Seite unterzeichnen.", erklärte er und deutete auf einige Passagen, die er flüchtig erklärte.

„Das klingt zu gut, um wahr zu sein. Warum machen Sie so Etwas? Sind Sie eine Art guter Samariter?", hakte Jan Seifelt nach, der die gesamte Unterhaltung mitgehört hatte.

„So in etwa.", antwortete Ruprecht mit einem verschmitzten Grinsen.

„Wo ist der Haken?", fragte Elmar Grund und kratzte sich an der kahlen Stelle seines Hinterkopfes.

„Ich verlange nicht mehr, als dass Sie mir Ihre Seele verpfänden.", entgegnete Ruprecht lachend. Elmar stimmte mit ein. Es war das absurdeste, was er je gehört hatte. Schnell zückte er seinen Kugelschreiber.

„Nehmen Sie doch bitte meine Feder.", bat Ruprecht und reichte ihm einen altmodischen Federkiel.

Elmar setzte seinen Namen neben die geschwungenen und eleganten Lettern Ruprechts. Er staunte kurz über den blutroten Farbton der Tinte. „Künstler haben ja so ihre Marotten.", murmelte er leise.

„Wunderbar. Dann können wir beginnen.", schloss Ruprecht und steckte die Papiere zurück in seine Aktentasche.

„Sie werden von mir hören.", rief er von der Türschwelle aus in den Laden, ehe er bereits wieder verschwunden war.

Jan blickte dem Mann mit gerunzelter Stirn hinterher, doch ehe er etwas sagen konnte, klopfte ihm sein Chef mit aller Kraft auf die Schulter und schickte ihn gut gelaunt wieder nach Hause, damit er sich noch einen Tag länger auskurieren konnte. Als Jan am nächsten Morgen sichtlich erholt wieder in der Buchhandlung eintraf, staunte er nicht schlecht. Stapelweise Bücher nahmen jeden Zentimeter des Verkaufsraumes ein.

„Herr Seifelt? Sie werden es nicht für möglich halten. Diese ganzen Exemplare wurden gestern über unseren Onlineshop bestellt.", hörte er die Stimme seines Chefs zwischen den Bücherstapeln ertönen.

„Hier, packen Sie mal mit an und machen Sie alles

versandfertig.", wies Elmar seinen Mitarbeiter an. Er rieb sich freudig die Hände, als er an seinen Kontostand dachte.

Schnell machte in ganz Noellenberg die Runde, dass der Käufer der alten Hütte am Waldrand ein Autor war, der soeben einen neuen Roman veröffentlicht hatte. Bereits am Nachmittag läutete die Redaktion der Lokalpresse bei ihm. Als am darauffolgenden Tag der Artikel auf der Titelseite des Noellenberger Kuriers erschien, wollte die gesamte Stadt ein Exemplar des Buches erwerben, so schien es Elmar.

Daher war er bester Laune, als er nach Ladenschluss seinen Kassenstand prüfte.

Pfeifend verließ er den Buchladen und überlegte, ob er sich für das Wochenende den teuren Whiskey gönnen sollte.

„Guten Abend Herr Grund.", grüßte ihn Ruprecht aus der dunklen Ecke des Hinterhofes, auf dem Elmars Auto parkte. Er zuckte zusammen.

„Ach, was haben Sie mich erschreckt. Das nächste Mal sollten Sie vielleicht einen Horrorroman schreiben.", entgegnete Elmar lachend, nachdem er sich wieder gefasst hatte.

„Was kann ich für Sie tun?", setzte er hinterher.

„Ich komme, Ihre Seele zu holen. Sie haben Ihre Aufgabe erfüllt. Jeder hier in Noellenberg besitzt mein Buch. Mehr wollte ich von Ihnen nicht. Sie müssen wissen, dieses Buch ist magisch. Jeder liest darin eine andere Geschichte. Sie spiegelt das tiefste Sehnen des Lesers wieder und teilt es mir mit. Wie schon gesagt. Das Buch ist gefährlich.", raunte er. Elmar lachte kurz auf, doch selbst in seinen Ohren klang es unecht. Als er auf Ruprecht blickte, stockte ihm der Atem. Seine Augen leuchteten in einem tiefen Rot und sein Mund war zu einem fratzenhaften Grinsen verzogen, als er sich langsam seinen Lederhandschuh auszog und Elmar die Hand reichte.

Zurück im Häuschen am Buchenhain setzte sich Ruprecht an seinen Schreibtisch im Dachgeschoss. Als er sein Notizbuch aufschlug, formten sich auf den Seiten langsam die Namen aller Bewohner in Noellenberg und offenbarten ihm in einer kleinen Notiz dahinter ihre tiefsten Sehnsüchte.

„Jetzt weiß ich, womit ich euch ködern kann. So werde ich gewinnen.", murmelte er zufrieden, während er die Listen überflog.

„Wie langweilig. Geld, Sex, Macht, nochmal Geld.", las er halblaut, als es an der Tür klingelte.

Kurz darauf rief Ella nach ihm und zitierte ihn zur Tür. Davor stand Trude Herrmanns, die ein Exemplar seines Buches in den Händen hielt.

„Guten Abend, Herr Knecht. Ich habe mir heute Ihr Buch gekauft. Aber es muss ein Fehldruck sein. Sehen Sie, es sind nur weiße Seiten.", erklärte sie und reichte ihm das Buch. Ella nahm es ihr ab, betrachtete den schneeweißen Einband und blätterte kurz durch die Seiten. Sie waren tatsächlich leer.

„Ich gebe Ihnen ein anderes Exemplar.", sagte Ruprecht und reichte ihr das Buch, das er Elmar Grund vorhin abgenommen hatte. Dafür hatte der Buchhändler schließlich keine Verwendung mehr.

Nachdem sich Trude wortreich verabschiedet und noch einmal an ihre Einladung zum Tee erinnert hatte, wandte sich Ella lächelnd an ihn.

„So. Wer hat denn nun einen Fehler gemacht?", fragte sie mit verschwörerischer Stimme.

„Das wird immer merkwürdiger.", brummte er und schnappte sich das Buch. Als sich die Seiten unter seiner Berührung pechschwarz färbten, schleuderte er es in den Kamin und stapfte ohne ein weiteres Wort zurück in die Dachkammer. Dort angekommen, warf er einen erneuten Blick auf die Liste in seinem Notizbuch. Doch diesmal suchte er nach einem ganz bestimmten Namen. Als er ihn gefunden hatte, stieß er einen Fluch aus. Das Feld hinter Trude Herrmanns Namen blieb leer.

03: Antikes Spielgeld

Susanne Brascher sog tief die eiskalte Morgenluft ein. Es roch nach einer Mischung aus feuchter Erde und Kiefernadeln. Es war der Duft nach Heimat.

Mit schiefgelegtem Kopf betrachtete sie das Haus am Ende der Buchenallee. Über Nacht hatte sich eine dünne Eisschicht über die Zinnen gelegt, die nun in der aufgehenden Morgensonne funkelten. Sachte fuhr sie mit den Fingern über die Steinmauer, die das gesamte Grundstück umgab. Ihre Gedanken glitten zu dem Kaufvertrag, der in der Schublade im Schuhschrank lag. Sie atmete noch zweimal tief ein, ehe sie den Griff am Tor herumdrehte und auf den Kiesweg trat, der bis zur Haustür führte. Noch lag das gesamte Haus still und wie verlassen da, doch schon bald würde die Luft von zwei fröhlichen Kinderstimmen erfüllt sein. Ein schmerzhafter Stich durchfuhr Susanne, als sie daran dachte, ihren Kindern ihr zu Hause nehmen zu müssen. Doch seit dem Tod ihres Mannes konnte sie das Haus kaum noch halten. Trotz Nachtschichten und zusätzlichem Verdienst als Putzkraft fraß der Unterhalt ein immer größeres Loch in ihre Ersparnisse. Während sie den Flur betrat, zwang sie sich, ihre Sorgen aus ihren Gedanken zu verbannen und ein glückliches Gesicht für ihre Töchter aufzusetzen.

Am Nachmittag würde sie sich ausführlich mit dem Kaufangebot, das sie gestern erhalten hatte, beschäftigen. Doch zunächst musste sie ein paar Pausenbrote schmieren und ein wenig Schlaf nachholen.

Als sie wieder erwachte, schlurfte sie immer noch müde aus ihrem Schlafzimmer, um in der Küche im Erdgeschoss eine Tasse Kaffee aufzusetzen. Doch im oberen Flur bemerkte sie feine weiße Körner auf dem Fußboden, die neben einer strahlendweißen Feder lagen. Sie stutzte. Dass sich ein wenig Putz von der Luke zum Dachboden löste, war für sie nicht neu. Aber die Feder kam ihr suspekt vor. Sie schaute zweifelnd zur Decke. Kurzerhand öffnete sie schulterzuckend die Luke zum Dachboden und stieg die Treppen hinauf. Einen Blick hineinzuwerfen konnte nicht schaden, beschloss sie.

Ein einzelnes Fenster spendete gerade ausreichend Licht für den gesamten Boden. Große weiße Laken schützten die verbliebenen Kostbarkeiten ihrer Vorfahren vor Staub und Beschädigungen.

Doch wo sich früher zahlreiche Gemälde an Möbelstücke und Truhen reihten, in denen Kleider, Bücher und andere Habseligkeiten schlummerten, war mittlerweile kaum noch etwas von dem Glanz der vergangenen Generationen übrig geblieben.

Lediglich ein alter Schrank war noch nicht verkauft worden, um das Haus zu halten.

„Wow, ich war ja schon Ewigkeiten nicht mehr hier oben.", rief eine Stimme freudig.

Susanne drehte sich erstaunt um.

„Was machst du denn schon hier, Katy?", fragte Susanne ihre ältere Tochter, nachdem sie einen Blick auf ihre Armbanduhr geworfen hatte.

„Sport fiel aus, da habe ich Emily früher aus dem Kindergarten abgeholt.", erklärte sie und hob ihre jüngere Schwester die steilen Stufen hinauf.

„Weißt du noch, wie wir hier immer Verkleidungen rausgesucht haben und Prinzessinnen gespielt haben?", fragte Katy ihre Mutter mit leuchtenden Augen.

„Wie könnte ich das vergessen? Das wolltest du schließlich mindestens einmal in der Woche spielen.", entgegnete Susanne lachend.

„Ich will auch Prinzessin sein.", rief Emily und stürzte sich in Richtung des Schrankes.

Schnell hatte sie die Laken hinabgezogen und betrachtete mit großen Augen die reich verzierten Holztüren.

„Komm, ich helfe dir. Wir machen jetzt einen richtigen Mädelstag. Wie früher.", sagte Katy und zog an dem Türknopf. Unter lautem Stöhnen gab das Holz schließlich nach und offenbarte einen Blick auf einige Mäntel, Kleider und eine Holzkiste, die auf der oberen Ablage ruhte.

Während Emily jauchzend vor Freude für jede der drei ein Kostüm auswählte und Susanne Pizza bestellte, durchsuchte Katy die Holzkiste. Neben einem Kamm und einer vergilbten Fotografie von einer ihrer Ahninnen, lag eine große Schatulle darin. „Ich erinnere mich. Es gab nie einen Schlüssel dazu.", murmelte sie und reichte die Schatulle an ihre Mutter weiter.

„Hier für dich.", rief Emily und reichte ihrer großen Schwester einen langen Mantel.

„Du bist heute mein Prinz, der mich vor der bösen Zauberin rettet.", erklärte sie ihre Kostümauswahl.

„Dann bin ich wohl die böse Hexe, Eure Hoheit?", fragte Susanne lachend und warf einen gespielt furchteinflößenden Blick in Richtung ihrer jüngsten Tochter.

Katy streifte den Mantel über, der bei ihren bisherigen Verkleidungsaktionen noch nie zum Einsatz gekommen war. Sie vergrub die Hände in den Taschen, als sie einen kleinen metallischen Gegenstand ertastete. Sie fischte ihn aus der Tasche heraus und erkannte einen kleinen alten Schlüssel.

„Oh, ein Schatz!", quiekte Emily vergnügt.

„Könnte es der Schlüssel sein?", fragte Katy und deutete auf die Schatulle.

„Lass es uns herausfinden.", schlug Susanne vor und schob den Schlüssel in das Schlüsselloch. Er ließ sich drehen und ein klackendes Geräusch verkündete, dass sich das Schloss geöffnet hatte.

Neugierig öffnete Susanne das Schloss und stieß mit dem Kopf gegen die Stirn von Katy, die sich, zusammen mit Emily, ebenfalls über die Schatulle gebeugt hatte.

„Ach du meine Güte, es ist wirklich ein Schatz.", hauchte Katy, als sie eine silberne und sechs goldene Münzen entdeckte.

„Ich glaube, wir werden gleich einmal Konstantin aufsuchen.", sagte Susanne.

„Ich kann den nicht leiden.", brummte Emily und verschränkte die Arme vor der Brust.

„Schmoll nicht, Prinzessin.", entgegnete Katy und setzte ihre kleine Schwester auf ihre Schultern, während sie sich zu dritt auf den Weg zum örtlichen Pfandleiher und Antiquitätenhändler machten.

Als sie den kleinen Verkaufsraum der Pfandleihe betraten, betrachtete eine junge Frau die diversen Auslagen, die zum Verkauf angeboten wurden. Ab und an ließ sie ihre Finger über die einzelnen Stücke gleiten und verharrte so eine Weile.

„Familie Brascher, willkommen zurück. Was haben Sie denn diesmal dabei?", fragte der Pfandleiher und rieb seine dicken Finger aneinander. Offenbar dauerte es noch eine Weile, bis die andere Kundin ihre Auswahl traf.

Susanne legte das Kästchen mit den Münzen auf den Tresen und öffnete den Deckel. Für einen kurzen Augenblick leuchteten die Augen des Pfandleihers auf, ehe er wieder seinen gelangweilten Gesichtsausdruck aufsetzte. Er entnahm einige der Münzen, drehte sie, wog sie in seinen Händen und betrachtete die Prägungen aufmerksam. Nach und nach verglich er einzelne Münzen mit Eintragungen in seinem PC.

„Diese hier ist absolut nichts wert. Eine Art antikes Spielgeld, wenn Sie so mögen.", schloss er aus seinen Untersuchungen und schob die silberne Münze zurück über den Tresen.

„Darf ich?", fragte Emily und streckte ihr kleinen Finger nach der Münze aus. Katy reichte sie ihr und wandte sich erneut dem Verkäufer zu. So bemerkte sie nicht, wie Emily sich der jungen Frau zuwandte, die noch immer über einige Verkaufsstücke gebeugt stand. Emily zog an ihrem Hosenbein, um ihre Aufmerksamkeit zu erregen. Die junge Frau drehte sich um und lächelte Emily freundlich an. Das Mädchen deutete auf die weißen Federn, die in den Zopf der jungen Frau eingebunden waren und dann auf die Schatulle mit den Münzen. Die junge Frau zwinkerte Emily zu und legte ihren Zeigefinger auf ihre Lippen. Emily nickte. Sie hatte verstanden, dass es ihrer beider Geheimnis bleiben sollte. Die junge Frau löste eine Feder aus ihrem Zopf, reichte sie Emily und deutete auf die Münze in ihrer Hand.

„Wollen wir tauschen? Mit dieser Feder kannst du dir einen Wunsch erfüllen. Du musst ihn ihr einfach zuflüstern.", raunte sie. Zögerlich griff Emily nach der Feder und reichte ihr im Tausch die Münze.

„Dies sind Brasher Dublonen. Äußerst selten. Die werden Sie am besten auf einer Sammlerbörse los.", hörte die junge Frau den Pfandleiher gerade sagen. Susanne zog scharf die Luft an.

„Brasher war der ursprüngliche Familienname des Urgroßvaters meines Mannes. Als er hierher immigrierte wurde er in Brascher eingedeutscht.", wisperte sie. In der Zwischenzeit hatte Katy ihr Smartphone gezückt und nach der goldenen Münze gesucht. Mit großen Augen stieß sie ihre Mutter an und drehte ihr den Bildschirm hin.

Lächelnd verließ die junge Frau den Laden. Sie hatte nicht nur dafür gesorgt, dass die Braschers ihr Haus behalten konnten, sondern auch etwas viel wichtigeres herausgefunden: Sie war am richtigen Ort für ihre Mission. Diese Münze in ihrer Hand war der Beweis dafür. Sie hatte nur einen kurzen Blick auf die Prägung werfen können, doch dies hatte ihr genügt. Die silberne Münze zeigte ein Paar Flügel mit zwei gekreuzten Schwertern. Das gleiche Symbol, das den Anhänger an ihrer Kette zierte. Es war ihre Rückfahrkarte nach Hause.

Ihr Lächeln erstarb. Würde sie ihre Heimat jemals wiedersehen? Sie blickte sich um. Als sie niemand anderen auf der Straße sah, schob sie kurz den Ärmel ihres Pullovers hoch. Ein tiefschwarzer Strich pulsierte dort, wo ihre Adern sein sollten. Voller

Entsetzen bemerkte Ella, dass sich diese Finsternis schneller ausbreitete, als sie angenommen hatte.

Ob es an ihrem Besuch im Reich der Menschen lag, wusste sie nicht.

Im Haus am Buchenhain angekommen, stieg sie in die Dachkammer hinauf. Ruprecht brütete wieder einmal über seinem Notizbuch.

„Das darf doch nicht wahr sein. Ich hatte sie so gut wie sicher an der Angel.", stöhnte er auf. Ella warf einen Blick über seine Schulter und sah, wie die Namen der Familie Brascher in seinem Heft verblassten, bis nur noch drei weiße Zeilen übrig blieben.

„Wie soll ich sagen? Katy hat zufälligerweise den Schlüssel zum Schrank von Ephraim Brasher Junior gefunden. Ein für dich etwas ungünstiger Zeitpunkt, nehme ich an?", hakte Ella nach und schenkte ihm ein Lächeln, dass eine Reihe blitzend weißer Zähne offenbarte.

„Schadenfreude steht dir nicht.", brummte Ruprecht verstimmt und drehte sich schwungvoll zu ihr um.

„Du warst also in meinem Keller und bist, rein zufällig natürlich, über den Schrankschlüssel gestolpert?", schlussfolgerte er mit hochgezogener Augenbraue.

„Hm. Wohlmöglich bin ich kurz vorher, ebenfalls ganz zufällig, über dein Notizbuch mit der Kopie des Kaufvertrages gestolpert. Sieh es als gutherzige

Alternative zu deinem Kaufvertrag an.", entgegnete Ella süffisant und klopfte ihm aufmunternd auf die Schulter.

„Was wolltest du mit dem Hauskauf eigentlich erreichen?", fragte sie.

„Das geht dich gar nichts an.", versetzte Ruprecht und wandte sich wieder seinem Schreibtisch zu. Aus dem Augenwinkel sah er noch, wie Ella eine Münze aus ihrer Tasche zog.

„Ich glaube, das hier ist die Antwort.", mutmaßte sie und hielt die Münze hoch, sodass Ruprecht sie betrachten konnte. Der Silberling richtete sich ohne ihr Zutun auf und drehte sich langsam auf ihrer Handfläche.

Unbewusst strich Ruprecht sich über seinen Unterarm.

„Er ist hier, oder? Gabriel?", fragte Ella. Ruprecht fuhr sich mit den Händen durch die Haare. Ella wartete geduldig, doch als keine weitere Reaktion von ihm kam, wandte sie sich schließlich ab. Sie würde es auch so herausfinden. Als sie die Türschwelle erreicht hatte, hörte sie ein leises, brüchiges Flüstern.

„Ja. Er ist hier."

„Was wolltest du mit seiner Münze?", bohrte Ella weiter. Ruprecht kniff die Augen zusammen.

„Wer sagt dir, dass sie ihm gehört?", fauchte er und stürmte an ihr vorbei aus seinem Arbeitszimmer hinaus.

„Aus meinem eigenen Reich vertrieben. Lustig, wie sich die Geschichte wiederholt.", brummte er, während ihn seine Füße unwillkürlich zum Friedhof in Noellenberg trugen.

„Perchta. Es ist lange her.", murmelte er.

04: In flagranti

Als Jan Benedikt Seifelt am Sonntag zu einer Not-fallbesprechung in die Buchhandlung gerufen wurde, verdrehte er innerlich die Augen. Er vermu-tete, dass es wieder einmal um das Buch dieses seltsamen Knechts ging. „Höchstwahrscheinlich wieder endlose Bestellungen, die ich abschicken muss.", brummte er, als er sich auf den Weg machte. Er grüßte Mandy Weber, die Angestellte des benachbarten Nagelstudios. Diese nickte ab-wesend zurück, während sie an ihrer Zigarette zog und mit der anderen Hand unentwegt auf ihr Smartphone eintippte.

„Vermutlich streitet sie sich wieder einmal mit ih-rem Freund.", murmelte Jan so leise, dass es nie-mand verstehen konnte.

Er beobachtete, wie Mandy ihr toupiertes blondier-tes Haar zurückwarf und auf gefährlich hohen Ab-sätzen über das Kopfsteinpflaster stöckelte. Ohne es beabsichtigt zu haben, glitt sein Blick auf die schwingenden Hüften.

„Ist dir nicht kalt?", fragte er, als er bemerkte, dass sie nur eine dünne Strumpfhose unter dem kurzen Jeansrock trug.

Er erschrak.

Er hatte sie tatsächlich angesprochen.

Und dabei mehr gesagt, als sein tägliches „Guten

Morgen."

Selbst dafür hatte er über mehrere Wochen hinweg seinen ganzen Mut zusammennehmen müssen. Sie drehte sich zu ihm um und musterte ihn kritisch.

Hastig strich er seinen Pullunder glatt, rückte seine Hornbrille zurecht und prüfte, ob die Pomade seinen akkuraten Seitenscheitel in Form hielt.

„Kaffee?", fragte Jan mit hochrotem Kopf, als ihm Mandys Blicke unangenehm wurden und hielt ihr seinen unangetasteten Pappbecher hin.

„Gegen die Kälte.", erklärte er verlegen.

„Danke. Das ist sehr lieb.", murmelte sie und nippte an dem Becher.

„Mein Freund hat mit mir Schluss gemacht.", berichtete sie und wischte sich über das bereits verlaufene Make-up.

„Aber doch nicht per SMS?", fragte Jan empört. Sie nickte.

„Doch. Er hat mich mit einem anderen Kerl im Bett erwischt. Naja, eher auf dem Herrenklo im Schuppen. Aber es kommt aufs gleiche hinaus.", berichtete sie.

„Hm.", machte Jan. Er wusste nicht, wie er sich verhalten sollte, entschied sich dann aber für ein aufmunterndes Schulterklopfen. Zumindest hoffte, er dass es aufmunternd wirkte.

„Mit wem soll ich denn nun zur Pre-X-Mas Party im Schuppen heute Abend gehen?", fragte sie verzweifelt. Jan runzelte die Stirn. Das war ihre größte Sorge?

„Was ist dem anderen Kerl aus der in flagranti Aktion?", hörte er sich selbst fragen und wollte sich für seine Worte am liebsten selbst ohrfeigen.

„Ach, das war nur eine einmalige Sache.", antwortete sie mit einer wegwerfenden Handbewegung. Ihr Blick glitt erneut zu Jan.

„Was hast du denn vor heute Abend?", fragte sie. Jan wurde noch röter, falls das überhaupt möglich war.

„Ich bin auch auf der Party. Meine Freundin Jess tritt mit ihrer Band dort auf.", erklärte er.

„Oh. Achso.", entgegnete sie und zog einen Schmollmund.

„Also eine gute Freundin. Nicht meine Freundin. Ich habe keine feste Freundin.", stellte Jan stotternd klar. Ein Lächeln schlich sich auf die Lippen der jungen Frau.

„Dann wirst du einfach meine Begleitung. Francesco bekommt das schon noch hin bis heute Abend.", bestimmte sie und schnappte sich seine Hand. Sie zog Jan zum neuen Friseursalon in der Innenstadt. Seine Protestversuche und Hinweise, dass er nun eigentlich arbeiten sollte, überhörte sie geflissentlich.

„Guten Morgen meine Süße!", begrüßte der Inhaber des Salons Mandy und hauchte ihr zwei Küsschen auf die Wange.

„Guten Morgen, Francesco. Meinst du, du bekommst das hier bis heute Abend in eine vorzeigbare Hülle?", fragte sie und deutete auf Jan.

Francesco zog eine Augenbraue hoch und tippte sich mit dem Zeigefinger auf die leicht geöffneten Lippen, während er Jan mehrere Male umrundete und ihn dabei von oben bis unten musterte.

„Francesco liebt Herausforderungen.", meinte er schließlich mit einer ausladenden Handbewegung, warf eine Kusshand in Richtung von Mandy und drückte Jan auf einen der Friseurstühle.

„Dann wollen wir mal.", war das letzte, was Jan für eine lange Zeit verstehen sollte. Die restliche Zeit über plapperte Francesco pausenlos über Stars und Sternchen, von denen er noch nie etwas gehört hatte. Aber so wie der Stylist von ihnen sprach, kannte er alle persönlich.

„Hach, Francesco ist einfach ein Meister.", trällerte er nach mehreren Stunden.

„Ich weiß nicht, diese Hose sitzt etwas eng.", entgegnete Jan skeptisch.

„Das muss so, es betont deinen Hintern. Vertrau mir, da stehen die Ladys drauf.", flüsterte Francesco und zwinkerte ihm verschwörerisch zu.

„Bereit, das Meisterwerk von Francesco zu sehen?", fragte er Jan und führte ihn vor einen verhangenen bodentiefen Spiegel. Jan nickte. Ihm blieb schließlich nichts anderes übrig.

„Trommelwirbel!", rief Francesco aus und zog das Tuch mit einer dramatischen Geste vom Spiegel.

Jan blickte ein junger Mann entgegen, dessen Haare in einer verwegenen Tolle lagen und von blonden Strähnchen durchzogen wurden. Die Brille musste einem Paar Kontaktlinsen weichen, während der Pullunder von einem dunkelroten Hemd und einer schwarzen Lederjacke abgelöst wurde.

Er erkannte sich kaum wieder und starrte ungläubig in den Spiegel.

„Hach, Francesco kann es noch.", jubelte der Stylist und umarmte Jan stürmisch, nicht ohne ihm ebenfalls zwei Küsschen auf die Wange zu drücken.

„Jetzt ab mit dir.", scheuchte er Jan aus seinem Salon und blickte seinem Werk stolz hinterher.

Als Jan am Abend vor dem Haus der Familie Weber stand, fühlte er sich hundeelend. Die Hose war eindeutig zu eng und zwickte unangenehm, während in seinem Magen ein gesamter Schwarm Schmetterlinge eine Party zu feiern schien. Verstohlen wischte er seine verschwitzten Handflächen an der Hose ab, ehe er die Klingel betätigte. Eine ganze

Weile später öffnete ihm Mandy und blickte ihn erstaunt an.

„Was machst du denn schon hier?", fragte sie.

„Dich abholen. Die Party beginnt in einer halben Stunde." Mandy stöhne auf.

„Ja, aber deshalb müssen wir doch nicht jetzt schon da auftauchen. Die coolen Typen gehen erst frühestens um Mitternacht hin.", stellte sie klar.

Erst jetzt bemerkte Jan, dass Mandy in einem pinken Ensemble aus Bademantel, Flipflops und einer Duschhaube bekleidet vor ihm stand.

„Aber die Band meiner Freundin spielt ab zehn. Den Auftritt will ich keinesfalls verpassen.", entgegnete Jan. Mandy verzog die Mundwinkel.

„Der Rest der Welt möchte ihn aber gerne verpassen.", murmelte sie.

„Sind die für mich?", fragte sie etwas lauter, um vom Thema abzulenken. Sie deutete auf den Strauß roter Rosen, den Jan unbeholfen von einer Hand in die andere wandern ließ. Ihr Gegenüber nickte und streckte ihr die Blumen entgegen.

„Danke, das ist aber süß von dir.", entgegnete Mandy und schnupperte kurz an den Rosen.

„Schaffst du es bis um 10?", fragte Jan vorsichtig. Mandy atmete hörbar aus, ehe sie antwortete.

„Na gut. Dir zuliebe werde ich mich beeilen.", sagte sie und winkte Jan herein.

„Du wartest hier.", legte sie fest und war einen Wimpernschlag später bereits hinter einer Tür verschwunden. Jan wippte ungeduldig mit den Fußballen auf und ab, während er dem Geräusch des rauschenden Wassers lauschte, dass aus dem Zimmer drang, in das Mandy gegangen war. Er ahnte nicht, dass das Wasser ein anderes Geräusch überdecken sollte: die Stimme eines Mannes, der in der Badewanne hockte und kryptische Symbole in den Schaum malte.

„Wie läuft die Verführung meiner unschuldigen Seele?", fragte er und blickte Mandy intensiv an.

„Er steht im Flur und kann es kaum erwarten, mit mir zur Party zu gehen.", berichtete sie und fuhr mit ihren Fingern über seinen Unterarm, der von einer gewaltigen Tätowierung dominiert wurde.

„Was bedeuten diese gekreuzten Schwerter mit den Flügeln?", fragte sie.

„Geht dich nichts an.", versetzte er. Auch von ihrem Schmollmund ließ er sich nicht erweichen.

„Du weißt, was auf dem Spiel steht. Wenn du Jan nicht verführen kannst, gehört die Seele deines Freundes mir.", wiederholte er eindringlich. Mandy nickte.

„Ach, Rupi. Du wirst sehen, er wird mir aus der Hand fressen.", meinte sie und erhob sich vom Rand der Badewanne. Ruprecht lachte kurz. „Ich glaube, du unterschätzt ihn. Wenn ich ihn hätte manipulieren können, wäre ich nicht auf deine Hilfe angewiesen. Obwohl die Hilfe gestern Abend durchaus nicht unangenehm war.", schnurrte er an ihrem Ohr und stieg aus der

Wanne. Ohne sich abzutrocknen streifte er seine Kleidung über und verschwand aus dem Fenster in Richtung Dunkelheit.

„Ich sehe dich später.", rief er über seine Schulter in das Badezimmer.

Eine Stunde später stand Mandy in einem mehr als knapp bemessenen schwarzen Kleid vor Jan, die Haare in Wellen gelegt, während ein knallroter Lippenstift Jans Aufmerksamkeit fesselte.

„Dann mal los.", meinte Mandy und zog Jan an seinem Handgelenk nach draußen. Sie blieb abrupt stehen.

„Wo ist denn dein Auto?", fragte sie, als sie einen leeren Seitenstreifen erblickte. Lediglich ein altes Fahrrad lehnte an dem Zaun, der das Haus ihrer Eltern umgab.

„Ich habe kein Auto. Ich bin mit dem Rad hier.", antwortete Jan und merkte an ihrem Blick sofort, dass er einen kolossalen Fehler gemacht hatte.

„Auf dem Gepäckträger ist Platz, ich kann dich darauf mitnehmen.", schlug Jan vor. Mandy blickte ihn skeptisch an.

„Jess macht das andauernd, wenn ich sie zu unserer Pen and Paper Runde abhole. Vertrau mir einfach.", schlug er vor und reichte ihr die Hand, damit sie auf dem schmalen Metallgestell Platz nehmen konnte. Kaum hatte Jan sich auf den Sattel geschwungen, krallte Mandy ihre Hände in seine

Seiten und versuchte einen Aufschrei zu unterdrücken, als er sich kräftig abdrückte und den Hang hinuntersauste.

Kaum waren sie vor der ehemaligen Scheune angekommen, wurde Jan von seinen Freunden stürmisch begrüßt und umringt.

„Was ist denn mit dir passiert?", fragte eine weibliche Stimme lachend und zog ihm spielerisch an den Haaren. Jan deutete in Mandys Richtung.

„Achso. Verstehe.", kommentierte die junge Frau.

„Ich bin Jessica. Du darfst mich aber auch die Cousine deines Ex-Freundes nennen.", stellte sie sich Mandy vor.

Sie näherte sich Jans Begleitung weiter und umarmte sie.

„Jan ist fast wie ein Bruder für mich. Sei also nett zu ihm.", zischte sie in Mandys Ohr und rückte augenblicklich wieder von ihr ab. Jan hatte davon nichts mitbekommen, da er in der Zwischenzeit zwei Eintrittskarten gekauft hatte und Mandy nun in Richtung der Eingangstür zog.

„Wir sehen uns später, Jess. Rockt das Haus.", rief er Jessica zu und winkte seiner besten Freundin.

Kaum hatten sie die alte Scheune betreten, orderte Jan die Getränke für beide und überraschte Mandy mit seiner Wahl. Sie hätte nicht vermutet, dass er ein Weinkenner war, doch seine Bestellung bezeugte das Gegenteil. Sie unterhielten sich ungezwungen und Mandy musste zugeben, dass er sie unentwegt zum Lachen bringen konnte. Er war so anders, als die Männer, mit denen sie sich sonst umgab. Denn auch, wenn er ab und an unauffällig in ihren Ausschnitt starrte, hatte er noch nicht einen Versuch unternommen, sie anzumachen.

Nach dem Konzert der Band, in der Jess hinter dem Keyboard sie nicht eine Sekunde aus den Augen gelassen hatte, entschuldigte sich Mandy und lief zu der Toilette. Sie zog gerade ihre Lippen nach, als jemand den winzigen Raum betrat.

„Falsche Tür. Dies ist die Damentoilette.", informierte sie den Mann.

„Wenn ich eine Dame sehen sollte, werde ich mich zurückziehen.", kommentierte er und trat an Mandy heran, sodass sie seinen Atem in ihrem Nacken spüren konnte.

„Wie einfach ist es nun mit Jan?", hauchte er in ihr Ohr, während er seine Fingerspitzen über ihren Oberarm gleiten ließ. Ihre Haut brannte unter seiner Berührung.

„Ich kann es nicht. Er ist so nett. So anders. Er verdient es nicht. Gib mir jemand anderen. Irgendwen.", flehte sie. Doch Ruprecht schüttelte den Kopf.

„Gestern sagtest du auch, ich solle dir irgendjemanden nennen. Meine Wahl steht. Wofür entscheidest du dich?", fragte er.

Als Mandy nach einer halben Stunde immer noch nicht von der Toilette zurückgekehrt war, klopfte

Jan vorsichtig an die Tür. Von drinnen hörte er verdächtige Geräusche. Zaghaft drückte er gegen die Tür und lugte durch den Spalt. Seine Hand fuhr gegen seinen Mund, um einen Schrei zu unterdrücken.

In der Toilette sah er Mandy, die sich an einen düsteren Kerl drückte. Er erkannte, dass es dieser Autor war, der vor wenigen Tagen schon seinem Chef den Kopf verdreht hatte. Als er Jan erblickte, ließ er von Mandy ab und flüsterte ihr etwas in ihr Ohr. Sie nickte, wandte sich um und ging mit ausdruckslosem Gesicht an Jan vorbei. Sie schien seine Anwesenheit nicht wahrzunehmen. Als Jan sich wieder zu dem Mann umdrehen wollte, machte er einen Satz zurück. Sein Gegenüber hatte sich lautlos direkt vor ihm aufgebaut und griff grob nach seiner Hand.

„Wenn du auch nur ein Sterbenswörtchen von dem, was du gerade gesehen hast, verrätst, bist du fällig.", raunte Ruprecht in Jans Ohr. Er ließ dessen Hand so abrupt fallen, als habe er sich daran verbrannt und ließ einen verdatterten Jan neben der Toilette stehen, der immer noch die Hand ausgestreckt hatte, als Ruprecht die Scheune bereits wieder verlassen hatte und den Heimweg antrat. Verwundert rieb Ruprecht seine Finger. Bisher hatte noch niemand seinem Griff wiederstanden. Die Vorkommnisse in Noellenberg wurden immer seltsamer. Er musste herausfinden, warum diese

Magieresistenz bei einigen Menschen so ausge-
prägt war. Er stieß einen missmutigen Seufzer aus.
Denn dafür würde er mit diesem unerträglich gut
gelaunten Geflügel namens Ella zusammenarbei-
ten müssen.

05: Neue Wege

Carsten Meyer zog missgünstig die Augenbrauen zusammen. Hastig griff er zur Sprechanlage. „Weber. Antreten. Sofort.", schnauzte er in das Mikrofon. Seine Sekretärin stolperte beinahe über den dicken Vorleger, als sie sich beeilte, vor den Schreibtisch ihres Chefs zu treten.

„Was kann ich für Sie tun?", fragte sie. Carsten Meyer deutete auf seinen Kalender.

„Warum steht hier, dass ich einen Termin mit Frau Kunze habe?", zischte er mit zusammengekniffenen Augen.

„Frau Kunze möchte ein Interview mit Ihnen für die studentische Zeitschrift ‚Noellenblatt' führen. Das hatte ich Ihnen doch gestern gesagt.", verteidigte sie sich mit piepsender Stimme.

„Sie sagten, dass jemand vom Noellenblatt kommt. Sie sagten nicht, dass es diese unerträgliche Person ist.", schrie er beinahe.

„Am Telefon machte sie einen sehr freundlichen und aufgeweckten Eindruck.", entgegnete die Sekretärin.

„Freundlich und aufgeweckt? Freundlich und aufgeweckt? Wohl eher impertinent und scheinheilig. Haben Sie die Info-Mappe nicht gelesen? Sie steht auf der Liste der Unerwünschten ziemlich weit oben. Auch wenn Sie hier nur die Schwangerschaftsvertretung sind, erwarte ich, dass Sie so etwas wissen.", spuckte er aus.

„Wenn Sie mögen, sage ich den Termin ab und verlege Ihren Arzttermin nach vorne.", schlug sie mit zittriger Stimme vor.

„Das wäre akzeptabel. Verlegen Sie den Termin am besten auf irgendwann im nächsten Jahrtausend. Aber so wie ich die Kunze kenne, steht sie morgen wieder mit ihrem Clan vor den Toren, singt ihr Anti-Plastik-Lied und demonstriert gemeinsam mit ihren Anhängern für ein müllfreies Land.", brummte er und packte hastig seine Aktentasche. Auf dem Weg zum Arzt würde er noch einen kurzen Halt im Reisebüro einlegen, um einen spontanen Wochenendtrip zu buchen. Anschließend würde er sich auf den Weg zum Flieger machen, der ihn weit weg von der nervigsten Person in ganz Noellenberg brächte.

Eine Stunde später hockte er im Wartezimmer seines Arztes, als sein Blick auf die aktuelle Ausgabe des Noellenblattes fiel. Eigentlich, so dachte er, hatte er sämtliche Ausgaben aufgekauft. Eilig griff er die Zeitschrift, blätterte ein paar Seiten um, ehe er auf den Artikel seiner Widersacherin stieß. „Umweltsünder Nummer 1 will heimischen Wald für noch mehr Plastikmüll roden" hieß es dort in riesigen Lettern auf einer Doppelseite neben seinem offiziellen Firmenportrait, dass ein findiger Student mit Teufelshörnern bearbeitet hatte. Unauffällig blickte er sich im Wartezimmer um. Drei Plätze neben ihm stritten sich zwei ältere Damen darum, welche von ihnen mit den schlimmeren Krankheiten geplagt war. Gegenüber hörte sich ein Herr von seiner Gattin an, welche Ärzte sie diese Woche noch aufsuchten mussten, welche Diagnosen diese höchstwahrscheinlich stellen würden und welche Behandlungsmethoden es dazu gab. Innerlich verdrehte Carsten Meyer die Augen. Wenn es eines gab, dass an seine Abneigung gegenüber Nora Kunze heranreichte, dann waren es Aufenthalte im Wartezimmer eines Arztes. Doch diesmal hatte sich ein Hautausschlag so hartnäckig ausgebreitet, dass ihm keine andere Wahl blieb, als seinen Hausarzt aufzusuchen.

„Herr Meyer, bitte in Raum 3!", dröhnte es über die Sprechanlage in den Wartebereich der Praxis. Eilig rollte er die Zeitschrift zusammen, nickte den Damen zu und ging unter skeptischen Blicken in das Behandlungszimmer. Während er auf den Arzt wartete, entrollte er die Zeitschrift, riss den Bericht heraus, stopfte ihn in seine Aktentasche und tat so, als würde er die Zeitschrift aufmerksam studieren.

„Herr Meyer, schön Sie zu sehen. Dann wollen wir uns mal Ihren Rücken ansehen und schauen, worauf Sie reagieren.", grüßte der Arzt und zog einige Pflaster vom Rücken seines Patienten, unter die er am Vortag verschiedene Substanzen aufgetragen hatte.

„Oh. Das ist nicht gut.", kommentierte er und wies den Firmenchef an, sein Hemd wieder über zu ziehen. Carsten Meyer wurde blass.

„Was meinen Sie mit `nicht gut`?", hakte er nach.

„Das heißt, dass sie eine Kontaktallergie gegen Phthalate entwickelt haben.", fasste der Arzt zusammen. Carsten Meyer wurde noch blasser.

„Um die Symptome zu mildern, verschreibe ich Ihnen erst einmal eine Salbe, aber Sie werden immer eine gewisse Sensibilität gegen die Weichmacher haben. Ein Kontakt sollte daher soweit es geht vermieden werden.", erklärte der Arzt und kritzelte etwas auf ein Rezept, das er seinem Patienten reichte. Er nickte ihm noch kurz zu, diktierte der neuen Sprechstundenhilfe einige Begriffe für die Akte und rauschte zum nächsten Patienten. Carsten Meyer starrte auf das Rezept in seinen Händen.

„Das ist ein Irrtum, oder? Da muss ein Fehler vorliegen.", murmelte er und blickte zur Sprechstundenhilfe.

„Ich fürchte, es ist wahr.", entgegnete sie und lächelte ihn aufmunternd an. Er schielte auf ihr Namensschild.

„Sie verstehen nicht, Frau Knecht. Meine Firma verwendet Phthalate zur Herstellung von Plastik Produkten. Ich kann keine Allergie gegen Weichmacher haben. Ich komme jeden Tag mit dem Zeug in Kontakt. Ich bin der größte Arbeitgeber in Noellenberg. Wenn ich die Firma schließen muss, verliert über die Hälfte der Bewohner hier den Job. Und das kurz vor Weihnachten.", erwiderte er hartnäckig. Die Sprechstundenhilfe beendete ihren Eintrag in seiner Kartei und blickte kurz auf seine Aktentasche. „Wie gut, dass Sie jemanden kennen, der sich mit Alternativen zu Plastik auskennt.", erwiderte sie, ehe sie ihm die Zeitschrift abnahm und sie zurück in den Stapel im Wartezimmer legte. Flüchtig tastete Carsten Meyer nach dem zerknüllten Artikel in seiner Tasche. Er zog die Stirn kraus. Seine Nemesis sollte nun seine Rettung bedeuten? Hatte die Sprechstundenhilfe ihm dies mitteilen wollen? Er schüttelte den Kopf. Woher sollte sie von dem Artikel in seiner Aktentasche wissen? In Gedanken versunken lief er durch die Stadt und bemerkte erst an den Toren seiner Fabrik, wohin ihn seine Füße getragen hatten. Zähneknirschend nahm er den Aufzug in die oberste Etage des Verwaltungstraktes, betrat sein Büro und sank an seinem Schreibtisch nieder. Er drehte den Stuhl um, sodass er, aus den bodentiefen Fenstern blickend, das gesamte Areal seiner Firma überblicken konnte. Geschäftig wuselten zahllose Arbeiter auf dem Hof umher, beluden Transporter oder schafften neues Rohmaterial in die Hallen. Er fuhr sich mit den Händen durch die Haare und stützte seine Ellbogen auf den Knien ab. So verharrte er mehrere Stunden, bis es an der Tür klopfte und Corinna Weber ihm mitteilte, dass sie ihre Mittagspause für einen Spaziergang im Buchenhain nutzen wollte.

„Warten Sie. Können Sie bitte noch kurz etwas für mich erledigen?", fragte er mit stockender Stimme. Corinna nickte. In einer solchen Stimmung hatte sie Ihren Chef noch nicht erlebt.

„Natürlich."

„Holen Sie mir Nora Kunze ans Telefon und legen Sie das Gespräch auf Leitung eins.", wies er sie an. Er wartete, bis seine Sekretärin sein Büro verlassen hatte, ehe er mehrmals tief Luft holte, nicht wissend, ob er darauf hoffen sollte, dass das Telefon klingeln würde, oder nicht. Für seinen Geschmack begann der rote Knopf viel zu schnell zu blinken.

„Meyer Industries. Guten Tag Frau Kunze.", meldete sich Carsten Meyer und lauschte der Stimme am anderen Ende der Leitung.

„Ich habe einen Vorschlag, der Ihnen noch viel besser gefallen wird, als bloß ein Interview mit mir zu führen und einen vernichtenden Artikel in ihrem Heftchen zu veröffentlichen. Was? Jaja, schon gut. Es ist eine faszinierende Zeitschrift. Ja, in einer Stunde passt es mir gut. Aber lassen Sie Ihren Gesangsverein zu Hause. Ich spreche nur mit Ihnen, nicht mit Ihrem Clan."

Als Ella am Abend das Häuschen am Buchenhain betrat, fand sie Ruprecht im Wohnzimmer vor. Er hatte es sich in einem Ohrensessel vor dem Kamin gemütlich gemacht und studierte einen Artikel in der Tageszeitung.

„Was wolltest du damit bezwecken, dem Chef der Fabrik eine Allergie gegen seine eigenen Rohstoffe zu verpassen?", fragte sie anstelle einer Begrüßung und stemmte die Hände in ihre Hüfte. Ruprecht klappte die Zeitung herab und blickte sie missbilligend über den Rand des Papiers hinweg an.

„Ich hatte gehofft, dass er die Fabrik schließen muss und alle Arbeitnehmer entlässt.", erklärte er schneidend.

„Das würde für den gesamten Ort den Ruin bedeuten. Die Hälfte der Arbeitnehmer kommt aus Noellenberg.", entgegnete Ella kopfschüttelnd. Ruprecht nickte.

„Und verzweifelte Menschen lassen sich zu verzweifelten Taten hinreißen. Oder, wie du es sagen würdest, zum Bösen verführen.", erklärte er mit einem hinterhältigen Lächeln.

„Wie kannst du nur so etwas zulassen?", murmelte sie.

„Das ist nicht von Belang. Denn schließlich gelang es einem gewissen Engel einen alternativen Ausweg für die Situation zu finden.", brummte er und reichte ihr sein Smartphone, damit Ella einen Blick darauf werfen konnte. Die Internetseite der Tageszeitung warb mit rot blinkenden Lettern für eine sensationelle Eilmeldung.

„Neue Wege für Meyer Industries", las sie die Schlagzeile vor und erblickte darunter ein Bild, auf dem Carsten Meyer die Hand von Nora Kunze schüttelte, um ihre neue Partnerschaft zu besiegeln. Ella schmunzelte, als sie die wenigen Zeilen überflog, die einen großen Bericht in der morgigen Printausgabe ankündigten.

„Wie schön.", jubelte sie, nachdem sie geendet hatte und hüpfte einige Male auf dem Teppich auf und ab. Ruprecht verdrehte die Augen und stöhnte laut auf.

„Wenn sich das durchlauchte Federvieh beruhigt hat, könnten wir uns weniger schönen Angelegenheiten zuwenden."

„Was meinst du damit?", fragte sie argwöhnisch. Ruprecht hob seine rechte Hand und ließ die Fingerkuppen aufglühen.

„Jan Seifelt konnte diesem wärmenden Handgriff wiederstehen.", berichtete er und beobachtete, wie sich Ellas Augen ungläubig weiteten.

„Das ist nicht möglich."

„Es ist genauso unmöglich, wie es bei Trude Herrmanns war. Und trotzdem ist es passiert. Wir müssen wissen, warum das passiert. Und vor allem müssen wir herausfinden, wer unseren Kräften gegenüber noch resistent ist.", setzte Ruprecht hinzu. Ella lief mehrmals vor dem Kamin auf und ab.

„Was schlägst du vor?", fragte sie schließlich.

„Wir müssen klären, ob es eine Verbindung zwischen Jan Seifelt und Trude Herrmanns gibt. Ich sage, wir planen ein paar Einbrüche." Ellas Kopf fuhr ruckartig herum.

„Nein.", entschied sie.

„Was hält dich davon ab?", erkundigte sich Ruprecht schmunzelnd.

„Es ist eine Straftat. Das gehört sich nicht. Es gibt noch weitere Wege.", zählte sie auf. Ruprecht lachte kurz auf.

„Ich hätte wetten können, dass du das sagst. „Nun, dann darf ich dich in ein Geheimnis einweihen. Wie du weißt, stellen normale Schlösser weder für dich, noch für mich ein Hindernis dar. Doch die Wohnungen von Jan und Trude sind in besonderer Weise geschützt. Ich kam nicht hinein.", offenbarte Ruprecht. Ella runzelte kurz die Stirn und ließ sich auf den zweiten Ohrensessel am Kamin fallen.

„Wir sind Trude Herrmanns immer noch einen Besuch zu Kaffee und Kuchen schuldig. Wie wäre es mit neuen Wegen für Knecht Ruprecht? Das wäre viel eher einer Sensationsschlagzeile würdig.", konterte Ella. Ruprecht verzog das Gesicht, als habe er plötzlich krampfartige Schmerzen.

„Mich quälen zu wollen scheint dein neustes Hobby zu sein. Aber ich muss zugeben, es wäre die schnellstmögliche Lösung. Bleibt noch Jan Seifelt. Er ist mir nun schon zum wiederholten Male unangenehm aufgefallen."

„Mach dir keine Sorgen um ihn. Er hat mir für morgen eine Führung über den Weihnachtsmarkt versprochen. Da werde ich ihn unauffällig befragen können."

„Wie schade, dass ich morgen schon anderweitig verplant bin. Du wirst mich entschuldigen müssen.", flachste er und schlug die Tageszeitung erneut auf.

„Nun, dann musst du dich darum kümmern, mit Trude einen Termin für das Kaffeetrinken auszumachen. Ich wünsche dir eine angenehme Nacht.", wünschte Ella mit lieblicher Stimme und schlüpfte aus dem Wohnzimmer, ehe Ruprecht auf die Idee kam, eine ihrer Schneekugeln in ihre Richtung zu werfen.

Kaum hatte Ella das Wohnzimmer verlassen, legte Ruprecht die Zeitung wieder beiseite. Er schlich zur Tür und lauschte ihren Schritten nach, bis er das Rauschen der Dusche hörte. Erst dann zog er einen Zettel aus seiner Hosentasche. Er faltete ihn auseinander und betrachtete den Werbeflyer eines Wanderzirkus. Er entnahm die beiden Karten, die dem Flyer beigefügt waren und drehte ihn um. In feinen Lettern waren einige Worte auf die weiße Rückseite geschrieben.

„Rup, wir müssen reden. Komm übermorgen zum ,Cirque bizarre'. 2 Freikarten habe ich beigefügt. Es ist wichtig. – G.", las Ruprecht lautlos. Er warf den Flyer in Richtung des prasselnden Kaminfeuers und steckte die beiden Karten zurück in seine Tasche. Es war pures Glück gewesen, dass er heute keine zwei Minuten vor Ella im Buchenhain angekommen war. Der Flyer klebte direkt in Augenhöhe an der Haustür. Er hatte lediglich Zeit gehabt, ihn abzunehmen und in seine Hosentasche zu stopfen, ehe er Ellas Schritte vernahm. So konnte er noch einen Tag lang darüber nachdenken, ob er ihr von der Einladung in den Zirkus erzählen sollte. Es war ihm nur zu schmerzlich bewusst, dass Ella unangenehme Fragen stellen würde, wenn sie diese Handschrift erkannt hätte.

06: Die Hellseherin

Endlos viele Lichter ließen die kleinen Büdchen in einem heimeligen Licht erstrahlen, während sie der Duft von frisch gebrannten Mandeln und Zuckerwatte umfing. Die Hütten des Noellenberger Winterzaubers drängten sich eng an eng und lockten die Besucher mit einem bunten Angebot.

„Unser Weihnachtsmarkt ist ziemlich einzigartig. Das gesamte Jahr über bereiten sich alle Einwohner auf den Markt vor. Sie fertigen jedes Teil in mühevoller Handarbeit an. Alles was du hier kaufen kannst ist selbstgemacht oder stammt aus der Region.", erklärte Jan und führte Ella an einem Stand für extravagante Kerzen vorbei.

„Und was hast du gemacht?", fragte sie. Jan errötete.

„Ich bin leider komplett talentfrei in solchen Dingen wie Handarbeiten und Backen.", gestand er.

„Das ist doch nicht schlimm. Dafür liegen deine Stärken in anderen Gebieten."

„Ich glaube, ich bin eher komplett talentfrei.", murmelte er. Ella hatte es dennoch gehört.

„Das ist doch Quatsch. In jedem Menschen schlummert ein Talent. Du hast es vielleicht nur noch nicht entdeckt.", protestierte sie.

„Alles über Superhelden zu wissen kann man wohl kaum als Talent werten."

„Wenn die Apokalypse naht, werde ich mich an dich halten. Und wer weiß, vielleicht rettest du dann die Welt."

„Hast du auch eine geheime Superkraft, die du als Talent tarnst?"

„Ich sehe in jedem Menschen immer das Gute. Auch wenn er es selbst nicht sehen kann. Und ich möchte den Menschen gerne helfen. Als Arzthelferin kann ich zumindest schon einmal in gesundheitlichen Belangen helfen, aber ich möchte noch so viel mehr erreichen."

„Was denn beispielsweise?"

„Das kann ich pauschal nicht sagen. Aber kann nicht jeder hin und wieder einen kleinen Schubs in Richtung des Guten brauchen?" Jan nickte nachdenklich.

„Weißt du was, ich stelle dich demnächst einmal den Hastings vor. Vanessa und ihr Mann Brian sind Freunde von mir und betreiben nebenberuflich ein Foodsharing. Vielleicht ist das was für dich.", schlug Jan vor. Ella lächelte begeistert. Am Seifenstand stieg ihr der Geruch von ätherischen Essenzen in die Nase, bis er von dem Duft frisch gebackener Plätzchen abgelöst wurde.

„Jan, mein Junge! Kommst du vorbei, um dir deine neue Mütze abzuholen?", fragte eine bekannte Stimme. Ella erkannte hinter dem Stand für Strickmützen Trude Herrmanns. Sie wedelte mit einer rosa-grünen Strickarbeit in die Richtung des jungen Mannes.

„Das macht sie jedes Jahr, seitdem ich im Alter von fünf Jahren einmal meine Mütze vergessen hatte. Damals musste mein Vater mir eine neue Mütze kaufen, weil mir so kalt war. Er nahm die hässlichste, die er finden konnte. Es sollte mich lehren, immer auf meine Sachen Acht zu geben. Aber irgendwie ist es zu einer Art Tradition geworden, dass mir Trude jedes Jahr eine Mütze in einer ziemlich gewagten Farbkombination anfertigt, die ich dann auf dem Weihnachtsmarkt trage.", erzählte er und zog sich die Bommelmütze bis über die Ohren.

Mit zwei dampfenden Gläsern Glühwein und einer frischgebackenen Waffel, die unter eine Sahnehaube und heißen Kirschen verborgen lag, legten Ella und Jan schließlich eine kurze Pause vom Rundgang ein. Während Ella von der Waffel naschte, drehte Jan das Glas von einer Hand in die andere. Er setzte mehrmals zu einem Satz an, verwarf ihn dann aber wieder.

„Warum bist du denn so nervös?", hakte Ella nach.

„Es geht um deinen Mann. Wegen ihm habe ich dich überhaupt zum Weihnachtsmarkt eingeladen. Ich habe etwas beobachtet, von dem ich denke, dass du es eigentlich wissen solltest. Ich habe hin und her überlegt, wie ich es am besten in Worte fassen soll und ob ich überhaupt das Recht habe, dir so etwas zu erzählen.", begann Jan umständlich.

„Nun mach es doch nicht so spannend."

„Es ist ein ziemlich heikles Thema. Als ich vor zwei Tagen auf der Party im Schuppen war, habe ich deinen Mann beobachtet. Hmm. Nein. Das klingt jetzt irgendwie falsch und ziemlich gruselig. Ich glaube ich fange anders an. Meine Begleitung verschwand auf die Toilette und als sie nach über einer halben Stunde noch nicht wieder zurück kam, habe ich einmal vorsichtig an die Tür geklopft. Als niemand reagierte, habe ich die Tür einen Spalt aufgeschoben und hineingelugt. Da sah ich deinen Mann, der Mandy in einer ziemlich eindeutigen Pose gegen das Waschbecken drückte.", sprudelte es in einer atemberaubenden Geschwindigkeit aus Jan heraus, der anschließend in einem Zug den gesamten Inhalt seines Glühweinglases leerte.

„Oh. Verstehe.", gab Ella zurück. Es schmeichelte ihr, dass Jan sich so viele Gedanken gemacht hatte.

„Aber vielleicht habt ihr ja auch irgendein Arrangement über eure Freiheiten getroffen, oder was weiß ich. Dann geht es mich natürlich nichts an.", setzte Jan mit hochrotem Kopf hinterher. Am liebsten wäre er in einem Loch im Boden verschwunden.

„Tatsächlich haben wir so etwas wie ein Arrangement, aber von einer gänzlich anderen Art. Wir wohnen zwar zusammen und teilen uns einen Nachnamen, aber viel mehr verbindet uns nicht mehr.", erklärte Ella und versuchte dabei so nah wie möglich bei der Wahrheit zu bleiben.

„Das heißt also, es ist gar kein Problem für dich, wenn er sich anderweitig vergnügt?", hakte Jan nach. Ella zuckte mit den Schultern.

„Es könnte mich nicht weniger interessieren."

„Aber warum wohnt ihr dann noch zusammen?"

„Das ist eine sehr lange und komplizierte Geschichte.", gab Ella zu. Doch ehe Jan weiter nachforschen konnte, griff jemand nach seiner Hand. Eine winzige Frau, die ihr Gesicht unter der Kapuze eines dunklen Gewandes verborgen hatte, stand vor ihm.

„Lass mich dir einen kurzen Blick in deine Zukunft gewähren.", sagte sie mit rauchiger Stimme.

„Immer doch.", gestattete Jan. Ihre runzeligen Finger drehten Jans Handfläche nach oben. Mit ihrem Zeigefinger fuhr sie die feinen Linien in Jans Hand nach.

„Oh, das habe ich schon seit Ewigkeiten nicht mehr gesehen. Dein Schicksal liegt im Verborgenen. Ich wage es nicht, in die Gefilde des Nebels vorzudringen. Es ist zu gefährlich und man kann leicht vom Weg abkommen. Aber eines kann ich erkennen. Dein Weg gabelt sich. Du musst eine Entscheidung treffen. Eine Abzweigung liegt in der Dunkelheit. Der andere Pfad endet in einer Feuersbrunst. Du stehst kurz davor, diese Wahl treffen zu müssen.", weissagte sie und ließ Jans Hand abrupt fallen. Dann ergriff sie ohne zu fragen Ellas Hand.

„Und Du. Einst warst du eine Gestalt des Lichtes. Und dein Licht strahlte heller und weiter als alle anderen. Doch nun sehe ich ein machtvolles Unheil, dass sich deiner bemächtigt. Etwas Dunkles lauert tief in dir. Eine Finsternis wird sich immer schneller ausbreiten und dich von innen heraus verbrennen. Lasse sie nicht dein Herz erreichen. Doch noch es gibt Hoffnung. Ein helles Licht aus einer unerwarteten Richtung kann die Finsternis vertreiben. Doch nur wenn Bündnisse eingegangen werden, die uralte Blutlinien wiedervereint.", sagte die Frau voraus. Ella entriss ihr ihre Hand und drückte sie schützend vor ihre pochende Brust. Doch die Hellseherin langte erneut nach ihrer Hand und legte sie über die von Jan.

„Euer beider Schicksal ist stärker miteinander verwoben als ihr denkt. Doch wenn ihr mehr wissen möchtet, müsst ihr mich in meinem Zelt aufsuchen." Sie gab beide Hände frei.

„Wer bist du? Und wie finden wir dich?", fragte Jan und rieb sich über den Handrücken. Sie streifte die Kapuze ihres Gewandes ab. Zum Vorschein trat ein Gesicht, das Ella bis in ihre Träume verfolgen sollte. Zwei goldene Ohrringe und ein orangenes Tuch auf ihrem kahlen Kopf waren die einzigen Farbtupfer in ihrem gesamten Erscheinungsbild. Tiefe Furchen durchzogen ihre fahlen Wangen. Ein leichtes Lächeln auf den spröden Lippen offenbarte mehrere fehlende Zähne. Doch Ella konnte ihren

Blick nicht von ihren Augen wenden. Oder vielmehr der Stelle, an der ihre Augen hätten sein sollen. Doch dort klafften nur zwei tiefschwarze Löcher, die mit Nadel und Faden zugenäht waren und auf ihrem Gesicht zwei Narben in Form von zwei Kreuzen hinterließen.

„In dieser Welt nennt man mich Madame Esmeralda. Ich bin Seherin des Übernatürlichen, während mir das Reale verborgen bleibt. Ihr findet mein Zelt beim Cirque Bizarre.", flüsterte sie den beiden zu, ehe sie herumwirbelte und in der Menschenmenge verschwunden war.

„Das war cool, gruselig und schräg zugleich.", meinte Jan. Dann erst bemerkte er, dass seine Hand immer noch mit Ellas verflochten war und zog sie errötend zurück.

„Ist alles in Ordnung?", fragte er, als er ihren abwesenden Blick bemerkte.

„Es ist nur das, was sie gesagt hat."

„Ach, mach dir darüber keine Sorgen. Das machen die jedes Jahr. Im Dezember gastiert hier immer der Cirque Bizarre und am Tag vor der Premiere mischen sich die Artisten unter das Volk, um ein wenig die Werbetrommel zu rühren. Aber mich hat noch nie jemand direkt ausgewählt und eine Hellseherin gab es im Programm zuvor auch nicht.", erklärte Jan achselzuckend und blickte sich suchend in der Menschenmenge um.

„Sieh doch, dort vorn ist noch jemand.", sagte er und deutete auf eine zierliche Frau, deren Arme und Beine komplett mit schwarzen Federn bedeckt waren. Sie schritt mit ausgebreiteten Armen über den Platz, dass sie wie Flügel wirkten. Die Leute wichen zur Seite und beobachteten fasziniert, wie sie weiter in Richtung des Brunnens schritt. Aus einer anderen Ecke trat ein düsterer Harlekin, der mit schwarzen Bällen jonglierte an den Brunnen. Immer weitere Artisten strömten auf den Platz und umringten schließlich den gesamten Brunnen. Auch die Hellseherin konnte Ella unter ihnen ausmachen. Als die Gestalt unter dem Gewand in Ellas Richtung schaute, glaubte sie ein leichtes Kopfnicken zu sehen, doch sicher war sie sich nicht.

„Guten Abend Noellenberg. Wir sind zurück.", schallte eine tiefe männliche Stimme aus den Lautsprechern. Jubel brach im Publikum aus.

„Ab morgen Abend verzaubern wir euch wieder bis Heilig Abend mit unseren Künsten auf der Wiese des alten Reeds. Doch vergesst nicht. Wir mögen es bizarr. Und in diesem Jahr wird es sogar höllisch heiß.", versprach die Stimme aus dem Lautsprecher. In diesem Augenblick stülpten sich die Artisten die Kapuzen ihrer Gewänder über und ließen Fackeln in ihren Händen entflammen. Mehrere Feuerschlucker spuckten Feuerstrahlen über die Köpfe der Weihnachtsmarktbesucher. Wie bei einer Prozession setzten sich die Artisten in Bewegung. Als der letzte Darsteller den Brunnen verließ, stieß er die Fackel tief in den Boden eines Blumenbeetes, das den Brunnen umgab.

„Sie leuchten den Weg bis zum Zirkuszelt. Das steht jedes Jahr auf dem Feld eines Bauern. Der Enkel des Bauern war bei mir in der Klasse. Daher kamen wir immer umsonst rein, weil wir alle Möglichkeiten kannten, wie wir uns ins Zelt schleichen konnten.", erzählte Jan.

„Selbst heutzutage gehen wir jedes Jahr zur Premiere in die Vorstellung. Heutzutage jedoch ganz offiziell mit gekauften Tickets. Wir haben für dieses Jahr noch eine Karte übrig, weil meine Großcousine noch nicht von ihrer Rucksacktour zurückgekehrt ist. Möchtest du stattdessen vielleicht mitkommen? Dann kann ich dich auch mit der ganzen Truppe bekannt machen. Sie sind alle sehr nett und ich glaube, ein paar neue Freunde in einer neuen Stadt schaden nie, oder?", schlug Jan vor.

„Ich überlege es mir.", sagte Ella ausweichend.

„Na gut.", erwiderte Jan, der seine Enttäuschung nicht komplett verbergen konnte.

Als Ella später in den Buchenhain zurückkehrte, fand sie das Wohnzimmer verwaist vor. Sie beschloss bis zu Ruprechts Rückkehr am Kaminfeuer zu warten. Sie wollte ihn auf sein Verhalten im Schuppen ansprechen. Während sie die Kohlen schürte glitt ihr Blick auf einen zerknüllten Zettel ganz hinten im Kamin. Vorsichtig griff sie nach dem Papier und entfaltete es. Es war ein Flyer des Cirque Bizarre. Die wollte ihn gerade wieder zurückwerfen, als ihr Blick auf die Rückseite fiel.

„Rup, wir müssen reden. Komm übermorgen zum ‚Cirque bizarre'. 2 Freikarten habe ich beigefügt. Es ist wichtig. – G." Schnell zückte sie ihr Telefon und wählte Jans Nummer.

„Hey Jan. Ich habe es mir überlegt. Ich glaube, ich möchte morgen mit in den Zirkus kommen. Steht das Angebot mit dem übrigen Ticket noch?", fragte sie.

„Ja klar. Wir holen dich dann morgen einfach ab, okay?", hörte sie Jans Stimme am anderen Ende der Leitung.

„Sehr gerne.", antwortete sie und warf den Flyer in die zarten Flammen des aufflammenden Feuers.

07: Cirque Bizarre

Ein gellender Schrei erschütterte die morgendliche Ruhe im Buchenhain. Ellas Brustkorb hob und senkte sich hektisch, während sie unentwegt in den Spiegel über dem Waschbecken starrte. Die Finsternis in ihren Adern pulsierte heftig und reichte mittlerweile bis zu ihrer Schulter. Doch das war es nicht, was Ella in diesem Moment beunruhigte. Es waren ihre Augen. Oder vielmehr das rote Glühen in ihnen. Die Tür wurde aufgerissen und Ruprecht stand mit wirren Haaren nur in einer Boxershorts bekleidet im Flur.

„Wie groß ist die Spinne diesmal und wo ist sie?", fragte er grimmig.

„Spinne?"

„Ja. Du hast geschrien. Laut. Um kurz nach sechs Uhr morgens. Welchen anderen Grund könntest du also haben? Oh. Hallo." Ein anzügliches Grinsen schlich sich auf seine Lippen, als er Ella ungeniert musterte. Ihr blasses Gesicht wurde tief rot, als sie bemerkte, dass sich ihr Handtuch gelöst hatte und auf dem Boden lag. Hastig schlug sie die Tür vor Ruprechts Nase zu.

„Na schön, dann eben nicht.", knurrte er und polterte die Treppe hinab. Nach einer Tasse Kaffee und einer Portion Bacon mit Rührei und Bohnen fühlte er sich für seine heutige Mission gewappnet.

Die Bücherei hatte ihn zu einer Lesung geladen. Als er erfuhr, dass er anschließend den Fans Autogramme geben und die Hand schütteln sollte, hatte er breitwillig zugesagt. Allerdings weniger wegen der Lesung und der Autogramme, doch das behielt er besser für sich. Mit einem lauten Scheppern ließ er die Tür ins Schloss fallen und warf den Hundebesitzern auf ihrer morgendlichen Runde einige giftige Blicke zu. Ella trat just in diesem Moment aus dem Badezimmer. Sie fragte sich, wie lange die Tür einer solch groben Behandlung noch standhalten würde. Sie schob die Gedanken an Ruprecht beiseite und beschloss noch ein wenig Zeit in ihrem Kräutergarten zu verbringen. Während sie hier und da ein paar Stängel abzweigte, landete ein kleiner Vogel auf ihrer Hand. Er piepte sie an und flatterte kurz mit den winzigen Flügeln. „Hallo mein Freund.", grüßte Ella den Vogel und strich ihm durch das weiche Gefieder.

„Hier, ich habe etwas für dich.", raunte sie ihm zu und nahm ein paar Körner aus dem Sack voller Vogelfutter, der neben dem Schuppen lagerte. Der Vogel pickte die Körner von ihrer Handfläche auf, piepte wie zum Dank ein weiteres Mal und flatterte davon. Ella winkte dem Vogel hinterher und beobachtete seinen Flug, bis er hinter den Baumkronen verschwunden war. Während des gesamten Tages erheiterte diese kurze Begegnung ihr Gemüt und sie dachte nicht ein einziges Mal an Ruprecht und seine zwielichtigen Pläne. Erst als sie am

Abend vor dem Feld des Bauern Reed stand, schlichen sich die Bilder des vergangenen Abends wieder in ihr Gedächtnis.

Das Gelände des Zirkus erstreckte sich über die gesamte Fläche des brachen Feldes. Unzählige schwarz rot gestreifte Zelte standen kreuz und quer auf dem Acker verteilt. Jede Attraktion war über und über mit Lichterketten und Glühbirnen in allen erdenklichen Farben geschmückt. Stelzenläufer bahnten sich einen Weg durch die Schaulustigen und warfen hin und wieder ein paar Jetons für Freispiele in die Menge.

„Zum Cirque gehört nicht nur die Vorstellung im Zelt, sondern ein kompletter Jahrmarkt im Horror Gewand.", erklärte Jess und streckte die Hand nach einem der Stelzenläufer in einem finsteren Harlekin Kostüm aus. Der ließ ein paar Chips in ihre Hand fallen, ehe er weiterschritt. Die Keyboarderin hatte sie gemeinsam mit Jan am Buchenhain abgeholt und ihr den Weg zum Zirkus gezeigt. Während ihres gemeinsamen Fußmarsches stießen immer weitere Freunde und ehemalige Klassenkameraden der beiden zu ihnen. Besonders Carrie, die quirlige Bibliothekarin hatte Ella sofort in ihr Herz geschlossen.

„Noah stößt erst im Zirkus zu uns. Seinem Opa gehört ja schließlich das Feld und er wuselt sicherlich wieder in der Nähe der Tänzerinnen des Blutballetts herum.", erzählte Jan.

„Dann bleiben mehr Jetons für uns.", meinte Bilal scherzhaft und entriss Jess einen der Spielchips.

„Ihr findet mich an der Losbude. Dieses Jahr ziehe ich den Hauptgewinn. Ich habe da ein gutes Gefühl.", rief er den anderen zu und bahnte sich einen Weg durch die Menschentraube.

„Das sagt er jedes Jahr. Und jedes Jahr wird es ein Trostpreis.", erklärte Jess lachend.

„Vielleicht hat er ja dieses Mal einen Glücksengel dabei.", entgegnete Ella achselzuckend. Unauffällig ließ sie eine kleine weiße Feder fallen und vom Wind in die Richtung treiben, in die Bilal verschwunden war. Als er kurz darauf zurückkam strahlte er bis über beide Ohren.

„Ich habe es euch doch gesagt. Wahnsinn. Hier, ich habe tatsächlich gewonnen. Und das am ersten Abend.", rief er den anderen schon von weitem zu. „Kommt, ich gebe euch allen zur Feier des Tages einen aus. Popcorn, Zuckerwatte, was auch immer ihr wollt. Auch dir, Mädchen aus dem Gruselhaus.", sagte er übermütig und schob seine Freunde samt Ella zu dem Süßwarenstand. Mit einem großen Becher Cola und jeder Menge Süßwaren beladen machten sie sich schließlich auf den Weg in das Zirkuszelt. Sie hatten Plätze in der ersten Reihe.

„Was meintest du denn mit der Bezeichnung ‚Mädchen aus dem Gruselhaus'?", fragte Ella Bilal über zwei Sitze hinweg.

„Kennst du die Geschichten etwa nicht, die sich rund um dein Haus ranken?", fragte er. Ella verneinte.

„Oh, dann müssen wir das aber ganz schnell mal nachholen. So wie früher. Beim Lagerfeuer und einer großen Ladung S'mores.", meinte Carrie. Die anderen nickten zustimmend. Immer mehr Besucher strömten in das Zelt und Ella beobachtete, wie Ruprecht auf der gegenüberliegenden Seite neben einer attraktiven schwarzhaarigen Dame in einem knappen Kleidchen und sehr tiefem Ausschnitt Platz nahm. Langsam und geradezu aufreizend strich sie ihm über den Oberschenkel, während er ihr etwas in ihr Ohr flüsterte. Plötzlich spürte Ella eine gewaltige Präsenz und die Lichter erloschen.

„Herzlich Willkommen, werte Damen und Herren, im Cirque Bizarre. Lassen Sie sich von mir entführen in eine andere Welt. Erleben Sie hier und heute das Obskure. Das Unfassbare. Das Bizarre." Ertönte eine Stimme aus der absoluten Dunkelheit. Feuer stob in der Manege aus dem Boden und formte einen Kreis. Innerhalb des Kreises stand plötzlich ein Mann mit Zylinder und einem roten Gehrock, der mit allerhand Brokat versetzt war.

„Gabriel.", entfuhr es Ella leise. Das war die Präsenz, die sie zuvor gespürt hatte.

„In diesem Jahr wird es höllisch heiß bei uns, denn wir haben einen Pakt mit dem Teufel geschlossen, um Ihnen eine außergewöhnliche Show zu bieten.", fuhr Gabriel fort und ließ die Flammen mit einer

Handbewegung höherschießen. Er ließ die Arme wellenförmig hinabsinken und nach vorne schnellen. Die Flammen hörten auf seinen Befehl und ahmten seine Bewegungen exakt nach.

„Wie cool.", entfuhr es Carrie.

„Ach, das ist doch nur ein Trick. Da sind bewegliche Schienen im Boden, die mit brennbarem Gas angereichert werden. Je nachdem was für eine Handbewegung der Conférencier macht, wird mehr oder weniger Gas hinzugegeben.", erklärte Noah. Jan boxte ihm spielerisch in die Seite.

„Hör auf, für alles eine logische Erklärung finden zu wollen und lass uns doch ein einziges Mal den Zauber der Show genießen." Zu den Klängen einer E-Gitarre begann eine Show, wie sie Ella noch nie gesehen hatte. In atemberaubender Geschwindigkeit wechselten sich die Artisten mit ihren Vorführungen ab.

„Und nun, meine Damen und Herren, sind wir leider schon fast am Ende angelangt.", ertönte Gabriels Stimme nach knapp zwei Stunden. Ein trauriges Raunen ging durch das Publikum.

„Aber, aber! Wir lassen Sie doch nicht gehen, ohne einem Finale das Noellenberg würdig ist. Und hier ist der Mann, auf den Sie alle schon den ganzen Abend lang gewartet haben.", rief Gabriel. Die Menge brach in tosenden Applaus aus.

„Die Nummer ist in jedem Jahr das Finale. Und der einzige Akt, bei dem wir noch nicht mal die Idee eines Lösungsansatzes herausbekommen haben.", versuchte Noah Ella über den Lärm hinweg zu erklären.

„Begrüßen Sie den einzigartigen. Den charmanten. Den teuflisch gutaussehenden. Den Magier John D'Arque." Ein Mann mit Pestmaske im Gesicht trat in die Manege. Nach einer umfangreichen Verbeugung suchte er nach einer Freiwilligen im Publikum.

„Sie dort, junge Dame." Er zeigte auf Jess. Die Keyboarderin grinste frech und ließ sich nur zu bereitwillig von dem Magier in die Manege führen.

„Tragen Sie heute einen persönlichen Gegenstand bei sich, mit dem Sie eine besondere Erinnerung verbinden?", fragte er. Jess nickte und löste das Band in ihrem Nacken, an dessen Ende ein Plektron baumelte.

„Ich möchte Sie bitten die Geschichte zu diesem Gegenstand auf ein Stück Papier zu schreiben. Und wenn es Ihnen nichts ausmacht auch Ihren Namen, ihr Geburtsdatum und ihre Handynummer. Letzteres können Sie mir auch direkt in die Tasche mogeln.", bat er lächelnd und deutete auf seine Gesäßtasche.

„Während meine hübsche Assistentin hier beschäftigt ist, sollen Sie sich natürlich nicht langweilen.", rief er zum übrigen Publikum. Er legte zwei Kartenstapel aus Tarot Karten vor sich auf einen kleinen Tisch. Nachdenklich ließ er den Blick durch das gebannte Publikum schweifen. Er entnahm einem der Stapel zwei Karten, die er verdeckt vor sich hinlegte. Dann griff er den zweiten Stapel, fächerte ihn auf, schnappte sich die Trapezstange und ließ sich mit einem kräftigen Schwung in Richtung des Publikums treiben. Er landete vor Ruprecht.

„Zieh eine Karte.", forderte er ihn auf und hielt ihm die Rückseiten des Decks hin.

„Der Magier. Nun, ich hoffe nicht, dass Sie mir meinen Platz streitig machen möchten. Aber mal ganz unter uns. Dazu ist dieser Job auch viel zu schlecht bezahlt.", scherzte er.

„Jetzt benötigen wir noch einen Gegenpol. Die junge Dame dort auf der gegenüberliegenden Seite. Wählen auch Sie eine Karte.", forderte er mit einem Fingerzeig auf Ella. Mit einem Satz an der Trapezstange war er bei ihr und hielt ihr in einer kunstvollen Handbewegung das ausgefächerte Deck entgegen. Ella nahm eine der Karten an sich.

„Der Tod. Aber nicht doch, meine Liebe. Dafür sind Sie viel zu jung und, jetzt mal ganz unter uns Klosterschwestern, viel zu attraktiv.", flirtete er augenzwinkernd.

„Halten Sie nun bitte beide Ihre Karten so, dass alle Zuschauer sie sehen können.", forderte er Ella und Ruprecht auf, während er zurück zu seinem Tisch glitt.

„Wir haben den Magier." Er deckte eine der beiden, von ihm gewählten Karten auf. Es war das Ebenbild von Ruprechts Tarot. Die zweite Karte wurde umgedreht. Sie zierte ein Skelett mit schwarzer zerklüfteter Robe.

„Und den Tod." Das Publikum klatsche begeistert. „Die Karten sind doch gezinkt.", brummte Noah, während John D'Arque zu seinem finalen Kunststück überging. Jess hatte das Papier an Gabriel übergeben und verband dem Magier nun die Augen.

„Sie können das gut. Machen Sie das öfters?", hakte er nach. Er streckte seine Finger aus, um das Plektron zu berühren. Während er kurz bewegungslos verharrte, erschien auf der Leinwand ein Bild des Papiers mit den Daten von Jess.

„Also Jessica. Du bist geboren am Vorabend meines Lieblingsfestes Halloween. Da du eine Dame bist, verrate ich auch nicht die Jahreszahl. Du bist Keyboarderin der hiesigen Lokalband, aber ich vermute mit diesem Wissen kann ich hier niemanden beeindrucken. Lass mich nachdenken. Dieses Plektron in meiner Hand stammt von einem Konzert deiner Lieblingsband und du hast es vom Bassisten überreicht bekommen. Doch nicht nur das, der Bassist deiner Band hat es bei eurem ersten Auftritt als Glücksbringer verwendet, als ihr beide noch ein Paar ward. Aber obwohl ihr euch ein halbes Jahr später getrennt habt, seid ihr immer noch gute Freunde und Bandkollegen.", erzählte der Magier. Die Augen der Zuschauer glitten über die Stichpunkte auf der Leinwand, um festzustellen, dass sich die Geschichte exakt so zugetragen hatte. Tosender Applaus brandete auf, während sich der Magier verbeugte und seine Kollegen in die Manege rief.

Die Zuschauer stoben nach dem Finale hinaus in die kalte Nachtluft. Inmitten der Besucher verlor Ella Ruprecht aus den Augen. Immer wieder reckte sie sich, um einen Blick über die Menschenmassen schweifen zu lassen.

„Ich komme einfach nicht dahinter, wie er das anstellt.", schmollte Noah mit vor der Brust verschränkten Armen.

„Ehrlich nicht? Das kann doch jeder. Gib mir mal einen Gegenstand von dir.", erwiderte Ella. Noah blickte sie zweifelnd an, steckte eine Hand in seine Hosentasche und holte das erstbeste hervor, das er fand. Es war ein abgenutzter Einkaufschip.

„Geht das?", fragte er. Ella nickte grimmig.

„Natürlich. Die Fähigkeit gehört zur Grundausstattung der Engel.", erwiderte sie und griff nach dem Chip. Die Gruppe lachte laut auf, da sie Ellas Aussage als kleinen Scherz gegenüber Noah betrachteten. Eine Flut aus Bildern und Gefühlen übermannte sie.

„Der Chip war der letzte Gegenstand, den deine Mutter dir gegeben hat, bevor sie von einem Auto angefahren wurde.", sagte sie mit leiser, brüchiger Stimme. Noah schüttelte ungläubig den Kopf und entriss Ella den Einkaufschip.

„Das hat dir Jan gesagt.", schnappte er beleidigt und funkelte Jan an, der nur unschuldig den Kopf schüttelte.

„Ich finde den Trick schon noch heraus.", brummte Noah. Doch ehe er Ella nach ihrer Vorgehensweise fragen konnte, hatte sie sich von allen verabschiedet und war in der Menge untergetaucht. Am anderen Ende des Platzes hatte sie einen markanten Zylinder erspäht.

„Hallo Gabriel.", begrüßte Ruprecht den Ältesten gerade, als Ella das andere Ende des Zeltes erreicht hatte.

„Ruprecht, mein Bester. Wie geht es dir?", fragte Gabriel und führte ihn in seinen Wagen.

„Mein Bester?", keuchte Ella. Was hatte das zu bedeuten? Sie schlich sich langsam in Richtung des Wagens.

„Entschuldigen Sie, werte Lady. Aber hier haben Sie nichts zu suchen.", ertönte eine Stimme an ihrem Ohr. Erschrocken fuhr sie zusammen und blickte in das grimmige Gesicht von John D'Arque. Der Magier hatte sich mittlerweile des Oberteils und der Maske entledigt und stand mit nacktem Oberkörper vor Ella.

„Also, ich...", stammelte sie.

„Sie haben sich wohl verlaufen? Dann lassen Sie mich Ihnen behilflich sein, den Ausgang zu finden.", bot der Magier in einem Ton an, der keinerlei Widerspruch duldete und er geleitete Ella von Gabriel und Ruprecht fort. Er führte sie zum offiziellen

Zelteingang und deutete eine kleine Verbeugung an.

„Ich denke, jetzt finden Sie den Weg.", sagte er und machte auf dem Absatz kehrt. Im Schein der Lichter des Zeltes konnte sie eine riesige Tätowierung auf dem Rücken des Magiers ausmachen. Sie zeigte zwei Flügel mit gekreuzten Schwertern.

08: Die Macht der Worte

Verärgert starrte Uwe Kurtz auf den blinkenden Cursor. Vor zwei Stunden hatte er das neue Dokument aufgerufen und ein paar Worte getippt, nur um sie anschließend sofort wieder zu verwerfen. „Das kann doch nicht wahr sein. Es muss mir doch irgendetwas einfallen.", knurrte er und trommelte mit den Fingern auf seinem Schreibtisch. Entnervt sprang er auf, lief ein paar Mal im Raum auf und ab und zog sich schließlich einen Mantel, Hut und Handschuhe über, um hinaus zu gehen und ein wenig frische Luft zu schnappen. Der Abgabetermin seines ersten Entwurfes rückte immer näher, doch bisher hatte er noch keine einzige vorzeigbare Seite geschrieben, geschweige denn eine Idee für seinen neuen Roman. Zu allem Überfluss zog dann noch dieser Knecht nach Noellenberg und zauberte wie aus dem Nichts einen grandiosen Bestseller aus dem Hut. Natürlich würde Uwe Kurtz nicht einmal unter Folter zugeben, dass er das Buch seines Kollegen heimlich gekauft hatte. Mit aufgeklebtem Bart, Perücke und falscher Brille ausgestattet war er in die Buchhaltung Grund gelaufen und hatte kurz vor Ladenschluss ein Exemplar bei Jan-Seifelt bezahlt. Der junge Mann hatte ihn trotz seiner Verkleidung zweifelsohne erkannt, jedoch geschwiegen, verstohlen gegrinst und ihm noch einen schönen Tag gewünscht. Die folgende Nacht verbrachte Uwe damit, den Bestseller von Knecht regelrecht zu verschlingen. Die Idee des Buches war geradezu simpel und dennoch grandios spannend umgesetzt, musste er zugeben. Es ärgerte ihn, nicht selbst auf diese Idee gekommen zu sein. Ohne es zu merken, hatten ihn seine Füße zum Buchenhain getragen und kurz darauf stand er am Gartentor der Knechts. Über dem windschiefen Haus qualmte der Schornstein und aus dem geöffneten Küchenfenster wehte der Geruch von frisch gebackenen Plätzchen zu ihm herüber.

„Guten Morgen Herr Kurtz. Wie geht es Ihnen?", grüßte Ella Knecht freundlich, als sie, beladen mit einem großen Korb, aus dem Gartenschuppen trat. Einige leere Flaschen klirrten bei jedem ihrer Schritte leise gegeneinander, während sie auf Uwe zuging.

„Wollten Sie zu meinem Mann?", fragte Ella und entriegelte das brusthohe Tor.

„Eigentlich nicht. Ich war nur spazieren, um den Kopf frei zu bekommen. Ein neuer Roman, müssen Sie wissen.", entgegnete Uwe und lupfte kurz seinen Hut für einen Gruß.

„Das macht mein Mann auch immer, wenn er an einer Stelle festhängt. Vielleicht sollten Sie sich einmal mit ihm unterhalten. Gemeinsam finden Sie sicherlich eine gute Idee.", lud Ella den Schriftsteller ein und wies ihn zum Haus.

„Ruprechts Schreibstätte ist im Dachboden. Gehen Sie einfach die Treppe hinauf.", erklärte sie ihm und wandte sich in Richtung der offenen Küche, in der verschiedene Sude vor sich hin köchelten. Uwe stieg die knarzenden Stufen bis zum Giebel hinauf und betrat das verlassene Schreibzimmer. Der Anblick ließ ihn den Atem anhalten. Ein wuchtiger Schreibtisch war vor einem Radfenster platziert worden, sodass man beim Schreiben den Ausblick auf den Wald und über die Felder bis zum nächsten Dorf genießen konnte. Auf dem Stuhl vor dem Tisch hatte sich eine Katze zusammengerollt und genoss die Wärme der Sonnenstrahlen, die durch das Fenster fielen. Eine flackernde Kerze leuchtete auf ein ledergebundenes Notizbuch, in dem eine Schreibfeder klemmte. In geschwungenen goldenen Lettern war das Wort „Ideensammlung" auf den Umschlag geprägt worden.

Gebannt trat Uwe näher an die Kladde heran und ließ seine Finger über das weiche Leder gleiten. Er wusste, es gehörte sich nicht, doch wenn er nicht bald mit einer Idee beim Verlag auftauchte, konnte er seine Schriftstellerkarriere vergessen und als Vorarbeiter in die Fabrik zurückkehren. Und bei den zahlreichen Ideen, die in dem Buch schlummerten, würde es vielleicht gar nicht auffallen, wenn Uwe ein paar Stichpunkte las und sie geschickt abwandelte. Er schalt sich innerlich für den Gedanken und wollte sich abwenden, doch sein Körper schien ihm nicht mehr zu gehorchen. Er konnte den Blick nicht von dem Buch nehmen. Ohne sein Zutun schlug seine Hand eine Seite in dem Notizbuch auf. Seine Augen flogen über die

feinen und geschnörkelten Worte, die im gewaltigen Gegensatz zu dem Auftreten des Mannes standen, der sie niedergeschrieben hatte. Obwohl er es
eigentlich nicht wollte und sich fragte, was er gerade tat, begann er bald in dem Buch zu blättern
und ganze Seiten zu verschlingen. Erst als die
Treppe unter ihm knarrte, zuckte er schuldbe-
wusst zusammen und schlug das Buch zu. Als er
sich von der Kladde abwandte, schien er die Kontrolle über sein Handeln zurückzuerhalten. Hastig
trat er einige Schritte von dem Schreibtisch weg
und betrachtete angestrengt die Aussicht auf den
Wald, als eine dunkle Gestalt neben ihn trat.
„Ja, bei diesem Ausblick fällt das Schreiben ziemlich leicht.", meinte Ruprecht und blickte auf die
Schreibfeder, die aus dem Buch gerutscht war und
nun neben der Kladde auf dem Tisch lag. Uwe
folgte seinem Blick und bemerkte die Feder ebenfalls. Nervös schluckte er.
„Sie werden merken, dass man sich nach einem
Blick aus dem Fenster sehr inspiriert fühlen wird.",
fuhr Ruprecht gelassen fort und steckte die Feder
zurück zwischen die Seiten, die nun eine Art lang-
weilige Bilanz zeigten mit zahlreichen Namen und
noch zahlreicheren Nullen oder Kreuzen. Einen
Namen erkannte er jedoch eindeutig, ehe das Buch
zugeschlagen wurde: Elmar Grund, der Buchhändler. Hinter seinem Namen prangte ein dunkles X. Als Ruprecht seine Hand vom Ledereinband

nahm, traute Uwe seinen Augen nicht. Die goldenen Lettern formten nun das Wort „Kundenbestellungen." Verwundert schüttelte er den Kopf. „Sie sollten jetzt an Ihren Schreibtisch zurückkehren. Sonst vergessen Sie Ihre Ideen noch und stehen bei Ihrem Verlag mit leeren Händen da.", schlug Ruprecht vor und kramte aus einer der Schubladen ein längliches schmales Kästchen hervor.

„Nehmen Sie dies mit. Es ist für mich ein Ritual, eine Idee handschriftlich auszuarbeiten, ehe ich damit beginne die Geschichte niederzuschreiben.", erzählte er und reichte die Schachtel an Uwe weiter. Dieser bedankte sich und verließ eilig das Haus. Innerlich stimmte er Ruprecht zu. Die Idee, die in ihm aufgekeimt war, musste er dringend in Stichworten festhalten. Wieder in seiner Wohnung angekommen, öffnete er das Geschenk. Ein tiefschwarzer Federkiel und ein Glas mit Tinte steckten in dem Kästchen. Er strich kurz über die weiche Innenfahne der Feder, löste das Seidenbändchen und entnahm den Kiel. An seinem Schreibtisch kramte er einen zerfledderten Schreibblock hervor, tauchte den Federkiel in die Tinte und kritzelte hastig die ersten Stichworte für seine neue Geschichte. Je länger er schrieb und plottete, so schien es ihm, desto bessere Ideen brachte er zustande und schon vor dem Nachmittagstee hatte er die Geschichte auf seinem Block komplett ausgearbeitet und geplant. Gelöst lehnte er sich zurück, verschränkte die Arme hinter seinem Kopf und blicke aus dem Fenster. Er seufzte. Der Ausblick auf den Parkplatz des Supermarktes war bei weitem nicht so eindrucksvoll.

Beladen mit einer großen Schüssel Plätzchen und einer Tasse dampfenden Kräutertees setzte er sich an seinen Schreibtisch und begann, die Geschichte im PC niederzuschreiben. Er legte erst wieder eine Pause ein, als das Telefon klingelte. Es war sein Verleger.

„Ja, Herr Ochswall, eine Horrorgeschichte. Die Idee ist mir heute Morgen beim Besuch bei Bekannten in den Sinn gekommen. Der Antagonist zeichnet seine Opfer mit einem roten X auf der Stirn und nach wenigen Tagen werden sie wandelnde Marionetten, nur seinem Willen und seinem Ruf folgend. Er verfährt mit ihnen scheinbar willkürlich. Mal lässt er die Menschen sich selbst ermorden, mal für sich arbeiten und mal trägt er zu seinem Vergnügen Kämpfe mit ihnen aus. Der Held kann als einziger die Male sehen. Wie er sich dem Antagonisten stellt, habe ich noch nicht gänzlich ausgetüftelt.", fasste Uwe knapp zusammen, während er eine weitere Tasse Tee aufsetzte und seinen Vorrat an Schokoladentafeln plünderte. Sein Verleger schien von der Idee angenehm überrascht zu sein und verlangte bis Ende der nächsten Woche einen ersten Entwurf vorgelegt zu bekommen. So setzte Uwe seine Arbeit am PC bis spät in die Nacht hinein fort.

Am nächsten Morgen las er die ersten zwei Kapitel noch einmal zur Kontrolle durch und war mit dem Verlauf der Geschichte immer noch sehr zufrieden. Er beschloss sich zur Belohnung beim Bäcker ein Hefeteilchen zu holen, ehe er mit der Geschichte fortfahren würde.

Doch als er auf die Straße vom Bäcker zurück in seine Wohnung einbog, erstarrte er. Elmar Grund, sein jahrelanger Förderer und Freund trug unverkennbar ein rot schimmerndes X auf der Stirn. Ein X, mit dem auch der Antagonist in seiner Geschichte seine Opfer zeichnete.

„Guten Morgen, Uwe. Meine Güte, du siehst ja aus, als hättest du einen Geist gesehen. Was ist denn passiert?", fragte der Buchhändler besorgt. „D---da, auf deiner Stirn.", stammelte Uwe. Elmar zog die Augenbrauen zusammen und blickte in sein Spiegelbild im Schaufenster des Ladens, vor dem sie standen. Doch auf seiner Stirn war nichts zu sehen.

„Und was soll da sein?", fragte er misstrauisch und rieb zur Sicherheit doch über die Hautpartie. „Natürlich, du kannst es noch nicht sehen. Es ist zu frisch. Erst am vierten Tag sehen es die Opfer. Wenn es zu spät ist.", murmelte Uwe. So war es zumindest in seiner Geschichte. Nur die beiden Hauptfiguren waren fähig, vor den Opfern die Male zu erkennen.

„Keine Ahnung, was du dir da wieder ausdenkst. Aber ich hoffe, es führt zu einem guten Buch, mein

Lieber.", grummelte Elmar, klopfte seinem Freund auf die Schulter und setzte kopfschüttelnd seinen Weg zur Buchhandlung fort. Fahrig kehrte Uwe in seine Wohnung zurück. Er musste wissen, wie die Geschichte endete. Nur so konnte er herausfinden, wie er Elmar noch helfen konnte. Er musste schreiben. Doch mit jeder Pause, die er mit einer Tasse Tee und einem kleinen Snack am Fenster verbrachte, um die Leute auf der Straße zu beobachten, sah er immer mehr Menschen mit einem rot schimmernden X auf der Stirn über den Parkplatz laufen.

In dieser Nacht kreisten seine unaufhörlich um die Geschichte. Langsam fragte er sich, ob er sich die Zeichen auf der Stirn seines Freundes und der anderen Nachbarn vielleicht nur eingebildet hatte. Doch dann fiel ihm die Begegnung mit Ruprecht Knecht wieder ein. Das Buch, das ihm eine Bilanz gezeigt hatte. Der Name seines Freundes und dahinter das gemalte X. In roter Tinte. Als die Sonne endlich aufging hatte Uwe noch keine Minute geschlafen. Er kaufte sich beim Bäcker einen Kaffee und marschierte in Richtung des Buchenhains. Auf dem Weg begegnete ihm Elmar Grund, doch der schien ihn nicht wieder zu erkennen oder auf seinen Gruß zu reagieren. Er ging zielstrebig auf den Zeitungsboten los, mit dem er scheinbar grundlos einen Streit begann, der sich bald zu einer Rangelei ausweitete.

„Stufe 2. Das Opfer wird willenlos und folgt nur

noch dem Ruf seines Meisters, der sie zu seinem Vergnügen benutzt.", zitierte Uwe aus seinen Notizen. Beinahe rennend hielt er auf das kleine Häuschen zu, doch auf sein Hämmern an die Tür reagierte niemand. Scheinbar waren die Knechts nicht zu Hause. Da erst bemerkte Uwe einen Briefumschlag auf der Treppenstufe, der seinen Namen trug. Er öffnete das Kuvert und fischte ein einzelnes kleines Blatt heraus.

„Es ist doch erstaunlich, welche Macht Feder und Tinte innenwohnen, wenn man sich plötzlich in der eigenen Geschichte wiederfindet. Oder vielleicht gab es die Geschichte schon vorher und die Feder machte sie zum Helden?", lauteten die Worte, die darauf standen. Uwe schrie auf und ließ das Blatt fallen, als hätte er sich daran verbrannt. Er rannte zurück zu seiner Wohnung. Dass er dabei mehrere Menschen anrempelte, war ihm gleichgültig. Sie waren sowieso verloren. Er wusste, was passieren würde. Er hatte die Geschichte während seiner schlaflosen Nacht zu Ende geschrieben. Doch Uwe musste es mit seinen eigenen Augen sehen. In seiner Wohnung rannte er zum Spiegel über dem Waschbecken und starrte auf die Stirn seines Abbildes. Seine Augen weiteten sich vor Schreck. Da war es. Das rote Mal, das den Helden am Ende seiner Geschichte zeichnete. Doch Uwe kannte sich. Er war nie der Held gewesen.

„Nein, ich will das nicht.", schrie er immer wieder und schlug mit seiner Hand den Spiegel ein. Bald sank er an der Wand der Duschwanne hinab zu Boden und aus dem Schreien wurde ein leises Wimmern. Er hörte nicht, wie jemand durch seine Wohnungstür und auf ihn zu trat. Erst als sich ein klobiges Paar schwarzer Stiefel in sein Blickfeld schob, hob Uwe den Kopf und blickte aus verquollenen Augen auf die Gestalt von Ruprecht Knecht. „Sie müssen nicht der Held sein. Ich kann Ihnen helfen. Ich kann sie befreien. Sie müssen nur mitkommen.", flüsterte er. Er zog seinen ledernen Handschuh aus und reichte Uwe die Hand. Der Autor zögerte kurz. Doch hatte er noch eine Wahl? Langsam richtete er sich auf und als er die warme Handfläche seines Gegenübers berührte, schienen all seine Sorgen vergessen. Leichtigkeit durchströmte ihn. Jetzt war er frei. Er wusste, Ruprecht würde sich um seine Probleme kümmern. Er würde sich um ihn kümmern.

„Ja, das dachte ich mir. Du bist kein Held.", knurrte Ruprecht, als er die Hand seines neusten Opfers fallen ließ.

Ella war jemand, der für die Heldenrolle geschaffen war. Er runzelte die Stirn und schüttelte den Kopf. Nein, solch einen Gedanken würde er nicht noch einmal zulassen. So kehrte er zu seinem Schreibtisch zurück und fügte in der Bilanz hinter dem Namen Uwe Kurtz ein Kreuz hinzu. In roter Tinte.

09: Das vergessene Ticket

Mit gerunzelter Stirn blickte Ruprecht von seinem Buch auf. Er hatte die gesamte letzte Nacht damit verbracht, herauszufinden was die Veränderungen in Ella auslöste. Dank der magischen Feder hatte Uwe Kurtz ihm nicht nur seine Seele verpfändet, sondern auch Ellas Geschichte verfasst. „Ein durchaus genialer Schachzug.", murmelte Ruprecht zu sich selbst. Doch die Worte, die seine Feder geformt hatten, ließen ihn rastlos zurück. Er legte das Buch beiseite und eilte zur Toilette, nur um Sekunden später bittere Galle auszuspucken.

„Ein netter Versuch, um dich vor dem Besuch bei Trude zu drücken, Ruprecht. Du wirst allerdings niemals krank.", kommentierte Ella durch die geschlossene Tür. Wieder einmal verfluchte sich Ruprecht, dass er in diesem Haus nur ein Badezimmer eingebaut hatte.

„Was auch immer du für Verwünschungen aussprichst, sie wirken nicht. Du wirst also mitkommen müssen.", entgegnete Ella vergnügt. Ruprecht stöhnte genervt auf. Doch im Grunde kam ihm dieser gemeinsame Ausflug recht gelegen. So konnte er Ella unauffällig beobachten und sein weiteres Vorgehen planen. Er rieb sich über die brennende Stelle an seinem Arm. Verstimmt bemerkte er, dass es seine Tätowierung war, die den Juckreiz auslöste.

„Ich kann es kaum erwarten.", stöhnte er, als ihm einfiel, dass Ella vor der Tür noch auf seine Antwort wartete. Er beeilte sich, ein Bandshirt überzustreifen, das von einem großen Schädel dominiert wurde und in seine Stiefel und die Lederjacke zu schlüpfen.

„Immer muss man auf euch Frauen warten.", feixte er, als Ella nur wenige Augenblicke nach ihm den Flur betrat.

„Im Gegenzug muss ich auch deine Launen und Sprüche ertragen.", erwiderte sie gereizt und drängte sich an ihm vorbei nach draußen. Schweigend liefen sie zur Marktstraße und hielten vor dem Haus Nummer 13. Während Ruprecht die Klingel betätigte, sprang ihm ein handgeschriebener Zettel an einem der Briefkästen ins Auge. Ella strich sanft über die filigranen Buchstaben, die von selbstgemalten Herzen und Blumen umrandet waren.

„Nur für Liebesbriefe und Schuhwerbung.", las er laut vor.

„Was haben die Frauen nur mit Schuhen?", brummte er und sah deutlich das Schuhregal im Buchenhain in seinen Gedanken aufblitzen. Während Ella rund 5 Böden blockierte, hatte sie ihm gerade einmal Platz für zwei Paare eingeräumt. Nicht, dass er mehr besaß, aber dennoch nervten ihn diese Kaskaden von Weiß, Pink und Rosa jeden Morgen.

„Es wundert mich, dass du noch keinen Freudentanz aufgeführt hast. Du kannst dich doch sonst immer an solchen Nichtigkeiten erfreuen, als sei plötzlich der Weltfrieden erklärt worden.", hakte er nach. Er wollte sie absichtlich provozieren.

„Lass uns bitte einfach hineingehen.", lenkte Ella ab und drückte gegen die Haustür, die sich unter einem lauten Surren öffnete.

Als sie das Wohnzimmer im dritten Stock betraten, saßen Jan Seifelt, der sich als Trudes Großneffe herausstellte, und ein Mann, den Trude als ihren Sohn und Polizeioberinspektor vorstellte, über eine Postkarte gebeugt, die eine Pyramide mit einem Kamel im Sonnenuntergang zierte.

„Meine Enkelin bereist momentan die halbe Welt. Sie schickt mir von jedem neuen Ziel eine Postkarte. So habe ich das Gefühl zumindest ein kleines bisschen dabei zu sein.", schwärmte Trude, als sie Ellas neugierige Blicke bemerkte.

„Es wäre mir viel lieber, wenn sie mit ihrem Leben endlich einmal etwas Vernünftiges anfangen würde. Immer nur zu reisen und sich mit Gelegenheitsjobs über Wasser zu halten hat doch keine Zukunft. In ihrem Alter war ich schon verheiratet und hatte ein Haus gebaut.", brummte Trudes Sohn. Trude musterte ihn kopfschüttelnd und stemmte die Hände in ihre Hüften.

„Johann Herrmanns. Dich von allen Menschen auf dieser Welt muss ich doch wohl am allerwenigsten an die Bedeutung des Wortes Pünktlichkeit erinnern, oder?", fragte sie mit einem Unterton, bei dem selbst Ruprecht seinen Kopf einzog.

„Das ist ein völlig anderer Sachverhalt.", protestierte Johann und legte sämtliche Autorität des Polizeiinspektors in seine Stimme. Doch Trude ließ sich davon nicht beeindrucken.

„Das ist es nicht und das weißt du. Außerdem sprichst du nicht in diesem Ton mit dir. Ich habe dir schließlich mal die Windeln gewechselt.", widersprach sie und deutete bei jedem Wort mit dem Zeigefinger auf ihren Sohn.

„Vielleicht könntet ihr die Diskussion auf später verschieben. Wenn die Gäste weg sind, habt ihr noch genügend Zeit.", schaltete sich Jan mit hochrotem Kopf ein, als sich Ella neben ihm auf das Sofa sinken ließ. Sofort setzte er sich etwas aufrechter hin und strich verstohlen das Hemd glatt.

„Was hat denn das Wort für eine besondere Bedeutung in ihrer Familie?", erkundigte sich Ella, während sie sich einen Keks von Jans Teller stibitzte. Ruprecht unterdrückte ein Schmunzeln. Selbst eine Finsternis in ihren Adern konnte Ellas Neugierde offenbar keinen Einhalt gebieten. Er wusste nur noch nicht, ob er diese Tatsache auf der Seite der positiven oder negativen Aspekte verbuchen sollte. Doch seine Überlegungen wurden von Trudes Erzählungen unterbrochen.

„Dieses Wort gewann für uns eine besondere Bedeutung, als mein Sohn und Silvia, seine Frau, mit mir verreist sind. Die Reise war ein Geschenk zu meinem Geburtstag und an meinem Ehrentag hatten die beiden eigentlich eine besondere Überraschung für mich geplant.", begann sie und ließ die Ereignisse vor ihrem inneren Auge Revue passieren:

Trude erwachte voller Vorfreude auf ihren großen Tag. Es war bereits ihr fünfter Tag vor Ort und so langsam hatte sie den Jetlag im Griff. Ihre Gedanken schweiften zu den Erlebnissen der vergangenen Tage. Obwohl Trude gerne immer etwas Abwechslung in ihrem Leben begrüßte, war es ihr hier doch etwas zu voll. Dennoch würde sie nicht zugeben, dass ihr das etwas beschauliche Leben in Noellenberg fehlte. Sie fragte sich, welche Überraschungen ihr Sohn und ihre Schwiegertochter heute für sie geplant hatten. Stets wurde nur leise und geheimnisvoll getuschelt. Sie schlüpfte in ihr liebstes Twinset und trug zur Feier des Tages ein wenig passenden Lippenstift in der gleichen Farbe auf. Mit ihrer Handtasche griffbereit wartete sie auf dem winzigen Balkon des Hotelzimmers, um das emsige Treiben auf der Straße unter ihr zu beobachten. Ihr gefiel es überraschend gut, die Dramen zu beobachten, die sich morgens hier abspielten, wenn die Menschen zur Arbeit strömten und sich vorher kurz in die kleinen Coffee Shops drängten, um sich mit Bagels, Donuts und einem Kaffee zum Mitnehmen für den Büroalltag zu rüsten. Vielleicht, dachte Trude, könne sie eines Tages dieses Hobby auch in Noellenberg betreiben. Sicherlich spielte sich auch auf den Straßen ihrer Heimatstadt die ein oder andere interessante Geschichte ab. Sie warf einen kurzen Blick auf die Uhr über ihrer Tür und stellt erstaunt fest, dass es bereits kurz vor halb 9 war. Eigentlich hatten Silvia und Johann sie um 8 Uhr abholen wollen. Sie überquerte den schmalen Flur und klopfte an die Tür des Nachbarzimmers. Von innen war ein gedämpftes Fluchen zu hören und dann ein heftiges Poltern, gefolgt von einem weiteren Fluch. Die Tür wurde aufgerissen und Johann stand in Feinrippunterwäsche vor Trude.

„Guten Morgen Mama. Es tut mir wahnsinnig Leid, wir haben verschlafen.", sagte er und zog sich im gleichen Augenblick sein Hemd über.

„Wenn wir uns beeilen schaffen wir es noch.", ertönte Silvias Stimme aus dem Badezimmer. In Windeseile waren beide angezogen und zumindest halbwegs zurechtgemacht.

„Ein Taxi um diese Uhrzeit zu finden wird uns nicht helfen, das würde im Berufsverkehr stecken bleiben.", keuchte Silvia, während sie zu dritt durch den Flur des Hotels zum Fahrstuhl sprinteten.

„Dann lass uns die U-Bahn versuchen. Das könnte klappen, oder?", erwiderte Johann. Sie hechteten über die Straße und bahnten sich ihren Weg durch die Menschenmassen und hinunter in den U-Bahn Schacht.

„Wo wollen wir denn überhaupt hin?", fragte Trude japsend, in der Hoffnung etwas über ihr Ziel zu erfahren.

„In das ‚Windows on the world'. Das Restaurant mir der besten Aussicht auf die Stadt.", antwortete Johann.

„Beeilung, die Bahn kommt in zwei Minuten.", sagte Silvia, als Trude nach ihrem Ticket in ihrer Handtasche wühlte.

„Ich finde dieses Ticket nicht.", sagte sie kopfschüttelnd. Immer hektischer schob sie den Inhalt ihrer Tasche von einer Seite zur nächsten, doch das Ticket blieb verschwunden.

„Oh nein. Jetzt weiß ich es wieder. Es liegt noch im Hotelzimmer." Silvia stöhnte auf.

„Das kann doch nicht wahr sein."

„Es tut mir Leid. Ich kaufe schnell ein neues Ticket.", schlug Trude vor.

„Das schaffen wir niemals rechtzeitig.", entgegnete Johann mit Blick auf die Schlange vor dem Ticketschalter.

„Dann fahre ich schon mal voraus und sage Bescheid, dass ihr euch leicht verspätet. So bleibt uns der Tisch erhalten. Ihr holt das Ticket und kommt so schnell wie möglich nach."

„Gute Idee.", stimmten Trude und Johann zu.

„Bis gleich.", rief Silvia den beiden schon im Laufen hinterher.

„Silvia schaffte es tatsächlich noch pünktlich in das Restaurant, um Bescheid zu sagen, dass wir uns ein wenig verspäten würden.", endete Trude und wischte sich einige Tränen aus den Augenwinkeln. Johann stand abrupt auf, sodass das Geschirr laut auf dem Tisch klapperte. Mit einigen großen Schritten hatte er das Wohnzimmer durchquert und war auf den Balkon hinausgetreten.

Ruprecht beobachtete, wie Ella betreten zu Jan hinüberblickte.

„Er hat es immer noch nicht verarbeitet. Stattdessen stürzt er sich seit all den Jahren immer mehr in seinen Job.", flüsterte er, damit Johann ihn nicht hören konnte.

„An diesem Tag habe ich mir diese Brosche gekauft. Ich trage sie seitdem jeden Tag um mich an die Ereignisse zu erinnern.", sagte Trude und strich bedächtig über das kleine Schmuckstück an dem Kragen ihrer Bluse.

„Darf ich sie einmal näher betrachten?", fragte Ella. Trude nickte, löste den kleinen Anstecker und reichte ihn an Ella. Er zeigte ein Ticket im Retrostil. Sobald das Silber ihre Hand berührte strömten Bilder auf sie ein. Eine Welle der Trauer und Fassungslosigkeit überkam sie.

Ella wurde bleich und presste ihre Hand vor den Mund. Ruprecht blickte sie fragend an. Unauffällig schrieb sie ein paar Zeilen auf kleinen Zettel und schob ihn zu Ruprecht hinüber.

Er entfaltete ihn und überflog die Zeilen. Nun war es an ihm, zu erbleichen.

„Da scheint ja jemand einen Schutzengel zu haben.", murmelte er. Seinen Blick nicht von dem Zettel nehmen, obwohl sich die Zeilen in seinen Geist einzubrennen schienen:

Trudes Geburtstag sollte in New York gefeiert werden.
Am 11. September 2001.

10: Satansbruder

Das prasselnde Lagerfeuer sendete eine wohlige Wärme in die kalte Dezembernacht hinaus. Hin und wieder knackte ein Holzscheit.

„Jedes Knacken bedeutet den Tod eines Holzwurms. Wusstet du das?", neckte Jan Ella. Die beiden saßen auf einem alten Baumstamm inmitten des Waldes und hielten einen langen Stock in die Wärme der Flammen, um dessen Ende ein Klumpen Teig gewickelt war.

„Das war jetzt nicht nett. Auch Holzwürmer haben Ihre Existenzberechtigung.", entgegnete sie und knuffte ihn leicht in die Seite.

„Ist jeder mit ausreichend S'mores, Stockbrotteig und Getränken versorgt? Während der Geschichte rührt sich hier niemand von der Stelle, um die Stimmung nicht zu ruinieren.", erkundigte sich Brian. Alle nickten oder hielten zum Beweis ihre gefüllten Becher in die Höhe.

„Gut. Dann weihen wir nun Ella, als Neue in unserer Runde, in die Sagen und Legenden rund um das Gruselhaus ein. Damit sie auch weiß, was für ein besonderes Haus sie in Wahrheit bewohnt.", verkündete Jessica. Ein leises Kichern machte die Runde.

„Jeder in Noellenberg muss in der Nacht seines zehnten Geburtstages traditionell eine Mutprobe bestehen. Dazu wird man kurz vor Mitternacht aus dem Bett geholt und zum Waldrand gebracht. Dort wartet man bis die Turmuhr Mitternacht schlägt.", begann Vanessa unter einvernehmlichen Nicken ihrer Freunde zu erzählen.

„Man muss sich dann allein in den nächtlichen Wald wagen. Jedes Rascheln, jedes Geräusch wird plötzlich zu einem Zeichen, dass jemand dich beobachtet. Du fühlst die unsichtbaren Blicke der Geister in deinem Rücken, aber du darfst nicht rennen. Oder dich umblicken. Denn das würde bedeuten, dass du nicht mutig genug bist. Bis hinauf zum Gruselhaus muss man gehen, über den Zaun klettern und dreimal an die Tür klopfen. Man bleibt dann kurz vor der Tür stehen und wartet, ob der Mönch an diesem Abend zu Hause ist. Wenn niemand öffnet, geht man hinein. Denn dann ist der Mönch mit seinem Raben auf der Jagd nach verlorenen Seelen. Man muss eine Stunde lang im Haus ausharren und hoffen, dass die Jagd des Mönches länger dauert. Wenn der Wind durch die Ritzen pfeift und heult, oder die alten Stufen plötzlich anfangen in der Dunkelheit zu knarren, ist alles, woran man sich klammern kann eine schwache Taschenlampe. Und das Wissen, dass dort ab und an mal Licht aus erhellten Fenstern leuchtet, obwohl das Haus leer steht und an diesen Abenden komische Geräusche aus dem Keller des Hauses dringen, hilft auch nicht sonderlich. Erst wenn die Turmuhr wieder zur vollen Stunde schlägt, darf man gehen. Sofern der Mönch und die Geister der Toten einen noch gehen lassen. Der Rückweg führt erneut durch den Wald, durch den der Mönch regelmäßig streift. Und wer den Schrei des Raben hört, hat den Mönch mit seinem Aufenthalt verärgert.", erzählte Brian.

„Okay, das kann für ein Kind schon sehr gruselig sein. Aber was hat es mit dem Mönch und diesem Raben auf sich?", erkundigte sich Ella.

„Das kann Carrie dir erzählen. Als Bibliothekarin kennt sie sich mit den Geschichten über Noellenberg bestens aus. Aber wir brauchen noch die nötige gruselige Stimmung.", antwortete Jess und warf Carrie eine Taschenlampe zu.

Die Bibliothekarin hielt sich die leuchtende Taschenlampe unter ihr Kinn, sodass groteske Schatten auf ihrem Gesicht tanzten. Mit dunkler Stimme begann sie zu erzählen: „Der Legende zufolge gab es einst einen Mönch im Kloster Noellenbergs, der sich besonders auf die Heilkunst und Kräuterkunde verstand. Schnell gelang er zu einigem Ansehen und Ruf. Er verbrachte die meiste Zeit des Tages in seinem kleinen Klostergarten, um neue Kräuter zu ziehen und seine Gewächse zu pflegen. Er schaffte sich dort sein eigenes kleines Refugium. In seinem Garten, zwischen all den Kräutern fühlte er sich frei und konnte die hohen Mauern vergessen, die das Kloster einschlossen. Immer länger verweilte er im Garten, gab sich seinen Gedanken hin und widmete sich der Pflanzenzucht.

Dass er dabei Gebet und Messe vernachlässigte, nahm er kaum wahr – seine Ordensbrüder hingegen sehr wohl. Sie missbilligten sein Verhalten, duldeten ihn aber, aufgrund seiner Fähigkeiten. Doch insgeheim raunten sie sich hinter vorgehaltener Hand immer häufiger Geschichten über ihn zu, die Ihnen im Traum gesandt wurden. Angeblich sollte er einst einen Pakt mit dem Teufel geschlossen haben, um dem sicheren Fiebertod zu entrinnen. Während der Mönch sich immer mehr in seinen Kräutergarten zurückzog und innerhalb der Kapelle kaum mehr atmen konnte, sahen die Brüder ihre Vermutungen bestätigt. Diese Geschichten machten alsbald auch im Dorf die Runde, nachdem er einem Patienten nicht mehr helfen konnte. Die von ihm gezüchteten Kräuter wirkten nicht und wurden als Teufelskraut verschrien. Immer mehr Menschen mieden den Mönch und seine Heilkunst. Waren sie zuvor als Geschenk Gottes angesehen, so glaubte man nun, sie seien ihm von Luzifer höchst selbst verliehen worden. Im darauffolgenden Sommer überkam das Land eine schreckliche Dürre. Die Ernten fielen knapp aus und ein langer, harter Winter nahte. Für die Dörfler war ein Schuldiger nur allzu schnell gefunden. Ohne Frage hatte der Satansbruder, wie sie ihn nannten, die Dürre heraufbeschworen. Ein wütender Mob aus Bauern marschierte eines Nachts, mit Fackeln und Mistgabeln bewaffnet, zu den Toren des Klosters, um den Satansbruder fortzujagen. In jener Nacht brach durch eine achtlos gehandhabte Fackel ein verheerendes Feuer im Kloster aus und brannte alles bis auf die Grundmauern nieder. Alle Mönche kamen in den Flammen um. Doch einzig der Satansbruder entstieg dem Flammenmeer wie ein Racheengel. Sein Gesicht unter seiner Kutte verborgen, sah man nur seine Augen rot wie das Feuer in der Schwärze der Nacht glühen. Dieses Glühen fraß sich tief hinein in die Seelen der Bauern.

„Ihr werdet für eure Sünden büßen. Wohin ihr auch flüchtet, mein Schatten wird euch folgen. Wo auch immer ihr euch und euresgleichen versteckt, werde ich euch finden und richten. Im Namen des Allmächtigen werdet ihr euch für eure Taten verantworten und Gerechtigkeit erfahren. Ihr werdet brennen.", schwor er dem Mob, der wie hypnotisiert in die Augen des Mönches starrte. Einige der Bauern flüchteten aus Angst, andere blieben in Noellenberg und sperrten ihre Töchter und Frauen weg. Jahre vergingen. Und langsam geriet die Bedrohung des Mönches in Vergessenheit. Doch dann machte ein leises Flüstern die Runde, dass der Satansbruder aus den verbliebenen Steinen des Klosters eine Behausung mitten im Wald errichtet hatte. Einige mutige Bauern wagten sich in den Wald. Als sie aufbrachen, hörten sie eine Krähe dreimal schreien. Sie sollten nie wieder zurückkehren. In den folgenden Monaten erblickten die Bauern immer wieder eine Krähe, die des Tages über Noellenberg kreiste. Erst als die letzten Sonnenstrahlen den Horizont berührten, landete sie auf einem der Dächer, pickte mit ihrem Schnabel und rief dreimal. Am nächsten Morgen waren alle Bewohner des Hauses verschwunden. Was man auch versuchte, um die Krähe zu verscheuchen, es klappte nicht. Man sagte, Luzifer selbst soll dem Mönch für seine Rachemission die Krähe als Geschenk gebracht haben. Andere behaupten, sie sei seine verzauberte Geliebte. Mit ihrem Krächzen rief er nach ihrem Herrn. Zum Schlag der Turmuhr um Mitternacht konnten die Bewohner stets einen schemenhaften Schatten in einer schwarzen Kutte ausmachen, der durch den Nebel wandelte. Mit seinen glühenden Augen verzauberte er die Bewohner. Sie folgten dem Satansbruder willenlos bis in den Wald und seine Behausung. Erst als er all jene geholt hatte, die in jener Nacht am Kloster waren, wurde die Krähe immer seltener gehört. Doch bis heute ist ihr Ruf nie gänzlich erloschen und der Satansbruder setzt seine Mission immer noch fort."

„Manchmal hört man selbst heutzutage eine Krähe dreimal krächzen. Wir nennen es ‚gezeichnet werden'. Denn auch wenn seit Jahren niemand mehr auf unerklärliche Weise verschwunden ist, passiert jenen, die das Krächzen hören, ein Unglück.", fügte Noah hinzu.

„Ach kommt, das ist doch jetzt geflunkert.", meinte Ella lachend.

„Keinesfalls! Erst letztes Jahr hat der alte Reed eine Krähe dreimal schreien gehört und kurz darauf hatte er einen Herzinfarkt. Das kann dir Noah bestätigen, der alte Reed ist schließlich sein Opa. Oder im Jahr davor hat es Daniel Berger erwischt, einen Klassenkameraden von uns. Nachdem er die Krähe hörte, hatte er einen Autounfall.", widersprach Bilal brüsk.

„Nun, das können doch alles Zufälle sein, gepaart mit der Furcht davor, dass nun etwas Schreckliches passiert. Das ist vermutlich nicht wirklich die Schuld eines Racheengels und seiner Krähe.", erwiderte Ella zweifelnd.

„Und was ist mit den verschwundenen Leuten? Wie erklärst du die?", wollte Bilal wissen. „Vielleicht sind die Bewohner dieser Häuser nur umgezogen?", mutmaßte Ella.

„Oh, nein. Die Geschichte geht noch weiter. Der Legende zufolge hat der Satansbruder seine Behausung an einem ganz besonderen Ort errichtet. Jahrhunderte zuvor soll es in Noellenberg einen Druidenstamm gegeben haben. Diese Druiden haben Opferrituale durchgeführt, um Gnade von den Göttern zu erbitten. Die Rituale wurden auf einer, von ihnen geheiligten, Lichtung zelebriert. Auf dieser Lichtung soll ein gesegneter Stein gelegen haben, der Blutstein. Seine rötliche Färbung und der Name stammen vom Blut der zahlreichen Opfergeschenke. Der Satansbruder soll sein Haus um diesen Stein herum gebaut haben. Die Verschwundenen waren seine neuen Opfer, jedoch nicht um Schutz und Gnade zu erbitten. Das Blut seiner Opfer goss er über den Stein, um Luzifer anzurufen und weitere Lebensjahre zu erbitten. Wenn Luzifer sich gnädig zeigte, durfte er die verbliebenen Lebensjahre seiner Opfer aufnehmen und kann so bis in alle Ewigkeit als junger Mann auf dieser Erde wandeln."

„Ein Blutstein?", fragte Ella.

„Ja, gruselig, nicht wahr? Vor allem wenn man darauf wohnt.", bestätigte Vanessa augenzwinkernd.

„Ein wenig.", gab Ella zu. Sie dachte nach. „Aber wenn er schon so lange auf Erden wandelt, muss er doch sämtliche Rachefeldzüge gegen die damaligen Familien beendet haben. Wen soll er denn heute bestrafen?", wollte sie wissen.

„Heutzutage holt er sich die Seelen all jener Menschen, die sich dem Bösen verpflichtet haben. Deshalb ist es hier auch so ruhig und friedlich. Die Unruhestifter werden allesamt vom Satansbruder geholt."

„Was haben denn der alte Reed und Daniel Berger auf dem Kerbholz?", hakte sie nach. Noah bekam einen hochroten Kopf und murmelte etwas als Antwort, dass sie nicht verstand.

„Sie wurden ja nur von der Krähe gezeichnet, aber nicht vom Satansbruder geholt. Es war also vermutlich nur eine Vorwarnung.", stellte Brian richtig.

„Und ab wann bekommt man keine Vorwarnung mehr? Was ist schlimm genug, um vom Mönch geholt zu werden? Wo liegt die Grenze?", erkundigte sich Ella und strich sich kurz über ihren Arm.

„Ach, Ella. Es ist nur eine Geschichte, um dir als Kind Angst einzujagen. Damit du immer lieb bist und brav dein Gemüse aufisst. In Noellenberg waren den Legenden zufolge schon alle möglichen Arten von Fabelwesen heimisch. Hexen, Vampire, Elfen, Drachen, Kobolde und sogar Sirenen sollen hier gesichtet worden sein. Wir haben hier sogar thematische Wanderwege für die wenigen Touristen, die jedes Jahr hier auftauchen.", zählte Jan auf und warf Bilal einen warnenden Blick zu.

„Ach ja, die Wanderwege. An Halloween mussten wir als Kinder dann zur Belustigung der Wanderer als Kobolde verkleidet umherhüpfen und sie erschrecken. Das hat natürlich mal gar nicht funktioniert, die Leute fanden uns eher niedlich, statt gruselig. Aber Jan, du vergisst, dass hier sogar der Geburtsort von Knecht Ruprecht sein soll.", fügte Nora lachend hinzu.

„Stimmt. Irgendwo in unserem Magazin haben wir sogar ein Buch über all die Legenden. Dort steht sogar eine Seite über Ruprecht drin. Wenn du willst, kannst du ja mal vorbeikommen. Dann zeige ich es dir. Natürlich nur, wenn es dich interessiert, was hier so alles erzählt wird.", schlug Carrie vor.

„Ja, sehr gern. Es interessiert mich schon. Zumal

ich ja in eurem Gruselhaus wohne. Und meiner Er-
fahrung nach steckt doch in jeder Legende ein kleiner Funken Wahrheit.", erwiderte Ella.

„Aber jetzt erzähl mal, was ist in eurem Keller? Gibt
es dort einen Blutstein?", hakte Bilal nach.

„Habt ihr euch etwa während eurer Mutprobe nicht
bis in den Keller getraut?" Ella tat schockiert.

„Bist du verrückt?", kam es unisono zurück.

„Na, dann werde ich es euch auch nicht verraten.
Denn dafür seid ihr wohl nicht mutig genug.", antwortete Ella scherzhaft. Doch in Gedanken war sie
bereits im Keller des Buchenhains. Was keiner aus
dieser Runde wusste, hatte sie erst vor Tagen mit
eigenen Augen gesehen. Inmitten des Kellerraumes
lag ein rötlicher Stein.

Der Blutstein.

11: Rauchzeichen

Der Abend senkte sich bereits über den Buchenhain, als es laut an der Tür pochte. Ella legte ihre
Bastelarbeit für ihre neuen Freunde beiseite und
schlich zum Küchenfenster. Sie spähte hinaus, um
nachzusehen, wer draußen auf den Stufen stand.
Als sie den Mann erkannte, rannte sie durch den
Flur und öffnete die Tür mit etwas zu viel Schwung.
„Gabriel.", rief sie und fiel dem Ältesten um den
Hals. Erst dann besann sie sich auf die Worte, mit
denen er Ruprecht bedacht hatte und löste sich
steif aus der Umarmung. Er, den sie so dringend
gesucht hatte, von dem man sagte er hätte als einer der Ältesten die benötigten Antworten auf ihre
Fragen, hatte Ruprecht „seinen Besten" bezeichnet
und ihn wie einen Freund behandelt. Einen Mann,
der die Menschheit versklaven wollte und beinahe
alles verachtete, wofür sie kämpfte.
„Du möchtest sicherlich zu Ruprecht. Ich muss dir
leider mitteilen, dass er momentan nicht hier ist.",
sagte sie kühl.
„Eigentlich nicht. Ich war auf der Suche nach dir,
meine liebe Ella.", erwiderte Gabriel und trat un-
aufgefordert in den kleinen Flur des Häuschens.
„Eine Tasse Tee wäre jetzt etwas Feines.", sagte er
zu Ella, während er es sich in ihrem Sessel vor dem

Kamin gemütlich machte und seine runzeligen Hände an dem prasselnden Feuer wärmte.

Während Ella in die Küche ging, um das Gewünschte zuzubereiten, konnte sie kurz über Gabriels Erscheinen nachdenken. Alles, was sie über ihn wusste, hatte sie sich mühselig zusammentragen müssen. Meist wurde über ihn geschwiegen. Aus den Büchern hatte sie erfahren, dass er einst zu den Menschen gereist und nie wiedergekehrt war. Da er zu den Ältesten gehörte, brauchte er keine Konsequenzen für sein Handeln zu fürchten, doch mit ihm verließ der größte Quell an Wissen ihre Heimat. Danach fand sie keine Aufzeichnungen mehr über seine Aktivitäten, obgleich sie das gesamte Archiv durchforstet hatte. Niemand wusste, was in den Jahrhunderten seiner Abwesenheit vorgefallen war. Doch das er Ruprecht als Freund ansah, ließ Ellas Hoffnungen wie eine Seifenblase platzen. Konnte sie ihm vertrauen, oder hatte er sich von Ruprecht einlullen lassen? Mit zusammengepressten Lippen servierte sie Gabriel den Tee und stellte die Tasse heftiger als nötig auf dem Beistelltisch ab. Gabriel hingegen tat so, als hätte er ihre Reaktion nicht bemerkt.

„Ich frage mich, warum du mich nach knapp zwei Wochen hier vor Ort noch kein einziges Mal besucht hast.", grübelte er und goss eine kleine Menge einer braunen Flüssigkeit aus seinem Flachmann in die Teetasse.

„Vielleicht, weil du dich mit dem Feind verbündest.", antwortete Ella frei heraus. Ein schallerndes Lachen ertönte.

„Oh Ella. Du könntest nicht falscher liegen. Ruprecht ist nicht der Feind." Ella schüttelte den Kopf.

„Nein, das ist nicht wahr. Er verkörpert das Böse. Er bringt die dunkle Seite in den Menschen zum Vorschein. Er ist hinterhältig, gemein und abgrundtief schlecht.", widersprach sie. Nur zu deutlich erinnerte sie sich noch an ihre Begegnung am Morgen, als Ruprecht mit einem Stapel Kochbüchern aus der Bibliothek die Küche betreten hatte.

„Deinen Pflanzenfraß kann ja niemand auf Dauer ertragen.", hatte er gebrummt und die Leihgaben auf die Arbeitsplatte geknallt. Ein kurzer Blick hatte Ella genügt, um festzustellen, dass sämtliche Titel die Zubereitung von Geflügelgerichten behandelten.

„Ist das dein Ernst?", hatte sie gefragt.

„Mein vollster Ernst. Geflügel verspeise ich sonst schon zum Frühstück." Um seine Aussage zu unterstreichen, hatte er anzüglich mit den Augenbrauen gewackelt.

Eine Bewegung, die sie aus ihren Augenwinkeln vernahm, lenkte ihre Aufmerksamkeit zurück auf ihren Gast. Gabriel war aufgestanden und lief nun vor dem Kaminfeuer auf und ab.

„Wie kann ich dich von dem Gegenteil überzeugen?", fragte er.

„Gegenfrage. Wie kannst du jemanden als gut be-
zeichnen, der für den Untergang unseres Hauses
verantwortlich ist?"

„Du denkst, Ruprecht hat die Finsternis zu euch
gebracht?", kombinierte Gabriel. Ella nickte.

„Ja und nicht nur das. Vor wenigen Tagen haben
mir meine Freunde hier in Noellenberg eine Legende erzählt über den Satansbruder. Und sie
passt exakt zu Ruprechts Fähigkeiten."

„Ruprecht ist nicht der Satansbruder.", widersprach Gabriel.

„Wie erklärst du dir dann den Blutstein in seinem
Keller? Er war es doch, der dieses Haus erschaffen
hat und somit auch die Erinnerungen der Menschen an unser kleines Heim entwerfen konnte.
Sag mir, warum der Stein sonst in unserem Keller
liegt, wenn die Geschichte nicht stimmt. Die Menschen wissen sogar, dass er hier geboren wurde."

„Ah, das.", erinnerte sich Gabriel.

„Ja, das.", bekräftigte Ella.

„Nun ich kann nicht abstreiten, dass seine Geschichte an diesen Stein gebunden ist. Doch nicht
alles, was man sich über ihn erzählt ist wahr.", gestand Gabriel. Ella verschränkte die Arme vor ihrer
Brust. So leicht war sie nicht zu überzeugen.

„Komm mit, ich zeige dir etwas. Vielleicht wird das
deine Meinung über Ruprecht ändern." Er nahm
Ellas Hand und führte sie durch den finsteren
Wald bis zum Friedhof der kleinen Kapelle, die auf
dem früheren Gelände des Klosters neu errichtet

worden war. Es schien, als wüsste Gabriel wonach er suchte. Als sie eine lange Reihe von altern Gräbern passierten, bedeutete er ihr stehen zu bleiben und zeigte mit seinem Finger zu einer uralten Trauerweide. Dort, im Schein einer einzelnen Kerze saß Ruprecht mit angezogenen Beinen und schien dem Baum etwas zuzuflüstern. Ella nahm ein leichtes Ziehen an ihrer Hand wahr und bemerkte, dass Gabriel sich hinter einen der hohen Grabsteine gekauert hatte. Sie tat es ihm gleich und beobachtete, wie Gabriel eine Pfeife aus seiner Tasche zog. Er entzündete den Tabak und nahm einen tiefen Zug. Den Rauch blies er in Richtung der Trauerweide. Mit einem Wink seiner Hand ballte sich der Rauch zu einem dichten Nebel, der langsam über den Boden waberte. Mit einem weiteren Zug an der Pfeife ließ er aus dem Rauch die Umrisse einer Frau entstehen.

„Du leihst ihr heute Nacht deine Stimme.", raunte Gabriel Ella zu, während die geisterhafte Gestalt langsam über den Friedhof glitt. Als sich der erste Fetzen Nebel um Ruprechts Knöchel schmiegte, blickte er auf und erhaschte einen flüchtigen Blick auf die Frauengestalt.

„Perchta?", fragte er und rieb sich über die Augen. „D...Du bist es wirklich, oder?" In einem Satz war er aufgestanden und eilte zu der Figur aus Nebel, ohne auf seine Schritte zu achten. Er stolperte über eine dicke Wurzel und schlug längs auf dem harten Boden auf. Ohne sich um die Schmerzen in seinem Bein zu kümmern, raffte er sich sofort wieder auf, um den Geist im Nebel einzuholen. Doch wie sehr er sich beeilte, er konnte die Nebelgestalt nicht erreichen.

„Warte doch. Perchta!" Endlich blieb die Gestalt stehen und drehte sich langsam zu ihm um. Gabriel gab Ella ein Zeichen, nun zu sprechen.

„Hallo Ruprecht.", sagte sie und die Nebelgestalt bewegte ihre Lippen. Ein Lächeln trat in Ruprechts Gesicht.

„Perchta. Endlich darf ich dich noch einmal sehen.", murmelte er und wischte sich über die feuchten Wangen.

„Es ist auch schön, dich wiederzusehen.", improvisierte Ella.

„Wie geht es dir dort, wo du nun bist?", fragte er.

„Es ist oft einsam."

„Glaube mir, meine Perchta, ich lasse dich nicht mehr lange warten. Meine Zeit hier ist bald vorüber. Ich habe einen Ausweg gefunden. Dann können wir wieder zusammen sein. Der Tod wird uns vereinen." Gabriel ließ die Nebelgestalt lächeln und einen Arm in Richtung Ruprechts Gesicht ausstrecken. Sehnsuchtsvoll schloss Ruprecht die Augen, als ein kühler Hauch sein Gesicht streifte. Gabriels gesamte Konzentration war auf die Aufrechterhaltung der Nebelgestalt gerichtet, sodass er erst zu spät mitbekam, wie sich Ellas Gesichtszüge verfinsterten und ihre Augen rötlich aufflackerten.

„Und wer sagt, dass ich dich noch haben will, Ruprecht? Die Jahrhunderte haben dich zu sehr verändert. Du bist nicht mehr der Mann, den ich kannte."

Sofort ließ Gabriel den Nebel mit einer Handbewegung verschwinden. Er ließ einen sichtlich verwirrten und aufgewühlten Ruprecht zurück.

„Ella, was war das? Sag nicht, dass die Finsternis auch dich infiziert hat.", entfuhr es Gabriel. Ella wandte sich ab, doch Gabriel griff nach ihren Schultern und drehte sie zu sich herum. Ihre Augen hatten wieder ihre normale Färbung angenommen und füllten sich mit Tränen.

„Was ist passiert?", hauchte sie kaum hörbar.

„Hör zu Ella. Früher hätte ich diesen kleinen Geistertrick ganz ohne Hilfsmittel durchführen können. Doch heute scheint meine Kraft nicht mehr auszureichen. Ich glaube, auch ich leide ein wenig unter den Auswirkungen der Finsternis. Aber ich lasse mich davon nicht unterkriegen. Ich kämpfe.", gestand der Älteste.

„Ich habe Angst, Gabriel. Was, wenn mich die Finsternis dazu bringt, etwas Unverzeihliches zu tun?", schluchzte Ella und Tränen liefen ihren Wangen hinab. Gabriel drückte Ella an seine Brust und wiegte sie fürsorglich in seinen Armen.

„Schhh. Ist schon gut. Wir finden eine Lösung. Das verspreche ich dir.", murmelte er leise in ihr Ohr. Langsam verebbte Ellas Schluchzen und wich einem gleichmäßigen Atmen. Sie war in seinen Armen eingeschlafen. Gabriel blickte auf und erkannte Ruprecht, der mit versteinerter Miene an einem Baum in ihrer Nähe ausharrte und sie beobachtete.

„Auf wessen Seite stehst du eigentlich?", grollte er.

„Ich möchte nur, dass du deine Ziele erreichst, Ruprecht. Aber dafür musste sie es wissen. Und sie musste es sehen, um es zu glauben."

„Nein. Das war grausam. Von dir hätte ich anderes erwartet. Du warst einst mein Gefährte auf unserer Mission."

Ohne ein weiteres Wort hob er Ella auf seine Arme, um mit ihr in den Buchenhain zurückzukehren. Gabriel blickte den beiden nach, bis sie durch das Dickicht nicht mehr zu sehen waren.

„Du warst mehr als nur mein Gefährte, Ruprecht.", flüsterte er. Dann pfiff er einmal leise. Eine Krähe landete auf seinem ausgestreckten Arm.

„Hallo meine Schöne. Ich denke es ist an der Zeit, dich wieder fliegen zu lassen.", grüßte er den Vogel und strich ihr sanft über das pechschwarze Gefieder.

12: Der Gesang der Geige

Als Ella am Morgen aufwachte, drangen die Töne
eines Geigenspiels an ihr Ohr. Die Wehklage der
Melodie war von solcher Sehnsucht und Trauer
durchzogen, dass es ihr einen schmerzhaften Stich
versetzte. Eine nie gekannte Melancholie umhüllte
sie und ließ sie glauben, dass sämtliche Fröhlich-
keit für immer verschwunden sei. Wie hypnotisiert
von der Melodie erhob sie sich und lief in das Trep-
penhaus, um dem Gesang der Geige zu folgen. Den
Blick von Tränen verschwommen, bemerkte sie
erst vor Ruprechts Tür, dass die Klänge sie die
Stiege hinauf und in sein Reich getragen hatten. Er
stand mit dem Rücken zur Tür mitten im Raum
und ließ sich mit geschlossenen Augen von der Melodie davontragen, während vor seinem Fenster der
Sonnenaufgang den Himmel blutrot färbte. Der
Anblick raubte Ella beinahe den Atem. Sie blinzelte
rasch die Tränen fort und unterdrückte den Drang
aufzuschluchzen. Trotzdem schien sie ein Geräusch gemacht zu haben, denn plötzlich stockte
das Spiel. Als sie aufblickte sah sie, wie Ruprecht
sie aus geröteten Augen hasserfüllt anstarrte.
„Nein, hör nicht auf.", hauchte sie.
„Lass mich in Ruhe.", sagte er unendlich müde.
Hätte er sie angeschrien oder ihr gedroht, hätte sie
sich weitaus weniger gefürchtet. Lautlos schloss er

den Türspalt und bald setzte die Melodie erneut ein, doch diesmal drang sie nur gedämpft an ihr Ohr und ein Teil des Zaubers schien verflogen. Schluchzend sank Ella auf der anderen Seite der Tür an der Wand hinab. So hatte sie Ruprecht noch nie erlebt und genau das jagte ihr eine Heidenangst ein. Nicht um sich selbst, sondern um Ruprecht. Denn wer wusste schon, was er in solch einer Verfassung tun würde? Sie selbst konnte sich nur noch schemenhaft an den vergangenen Abend und den Auslöser seiner jetzigen Verfassung erinnern, doch ein Satz von Ruprecht hatte sich regelrecht in ihr Gehirn eingebrannt.

„Der Tod wird uns vereinen", murmelte sie. Doch sie wusste, dass Ruprecht weder krank wurde, noch sterben konnte. Er war auf ewig an seine Aufgaben gebunden, bis alles Böse von dieser Welt getilgt war. Erst dann, da waren die Aufzeichnungen in ihrer Heimat ziemlich deutlich, wäre er von seiner Knechtschaft erlöst. Jetzt, wo Ella darüber nachdachte, fiel ihr erst auf, dass nie auch nur ein Wort darüber verloren wurde, wem Ruprecht diente. Noch vor wenigen Tagen hätte sie geschworen, er selbst sei die Personifikation des Bösen. Doch nun hatte sie einen sehr flüchtigen Blick hinter seine Fassade werfen können und was sie dort gesehen hatte, warf alles über den Haufen, was sie über ihn wusste. In diesem Moment durchzuckte sie ein Gedanke. Auch sie war weder sterblich, noch wurde sie krank – zumindest bis vor einem

Jahr, als sich die Finsternis zum ersten Mal in ihrer Heimat manifestierte. Die schwarzen Fäden, die sich mittlerweile über ihren gesamten Rumpf bis in ihre Schenkel ausbreiteten, sprachen eine ganz andere Sprache. Und nun sollte Ruprecht einen Ausweg für seine Situation gefunden haben? Gefrustet stieß sie einen Seufzer aus. Wie sie es auch drehte und wendete, sie musste herausfinden, wer diese Perchta war und in welcher Verbindung sie zu Ruprecht stand. Mit ihr, so hoffte sie, käme sie der Wahrheit über ihren Mitbewohner ein Stück näher. Und somit auch dem Rätsel rund um die Finsternis in ihrer Heimat. Wenn er ein Heilmittel kannte, gab es möglicherweise auch eines für sie. Ella stand auf und schlich die Treppen hinunter. Immer noch erklang die Wehklage der Geige gedämpft durch die verschlossene Tür.

Kurze Zeit später stand sie vor der Ausleihtheke der Stadtbücherei.

„Hey Carrie, ich komme wegen der Legenden und Geschichten über Noellenberg. Steht dein Angebot noch, einen Blick in das Sagenwerk werfen zu dürfen?"

„Ich schätze, wir haben dich mächtig beeindruckt, was? Aber da es hier außer den Legenden auch nicht wirklich viel gibt, was man als Aushängeschild nutzen könnte, zelebrieren wir diese Sagen natürlich im vollsten Maße.", gestand Carrie lachend und umrundete die Theke.

„Ich hole dir das Buch kurz aus dem Keller.", sagte sie und verschwand hinter einer Tür. Während Ella wartete, betrachtete sie interessiert die Flyer und Auslagen an der Theke. Keine fünf Minuten später kam Carrie mit einem Karton in den Händen zurück.

„So, hier ist es.", zischte sie aus zusammengepressten Zähnen und wuchtete den Karton auf die Theke. Als Ella den Deckel anheben wollte, entfuhr Carrie ein spitzer Aufschrei.

„Halt! Das darf man nicht einfach so anfassen. Du musst Handschuhe tragen.", keuchte sie mit vor Schreck geweiteten Augen. Aus einer Schublade hinter der Theke kramte Carrie zwei Paar weißer Baumwollhandschuhe hervor. Eines legte sie Ella hin, das andere streifte sie sich selbst über, ehe sie den Karton öffnete und das Buch entnahm. Sachte legte sie es ab und strich ehrfürchtig über den Einband aus Holz. Die Kanten waren von filigranen Goldbeschlägen gesäumt und mit mehreren sehr echt wirkenden Edelsteinen besetzt. Carrie schlug vorsichtig den Einband auf und blätterte langsam durch die Seiten. In handgeschriebenen Lettern erzählten sie in lateinischer Sprache von den zahlreichen Legenden und Mythen rund um Noellenberg. Hin und wieder wurde die gleichmäßige alte Schrift durch handgemalte Bilder zu der Geschichte unterbrochen, die häufig Sagenwesen und den heldenhaften Sieg der Menschen über die Bedrohung zeigten.

„Siehst du diese Farben? Obwohl das Buch schon unglaublich alt ist, haben sie kaum etwas von ihrer Leuchtkraft verloren.", schwärmte Carrie.

„So, hier haben wir die Geschichte über den Satansbruder." Carrie drehte das Buch so, dass Ella die Seiten betrachten konnte.

„Kannst du es lesen? Latein und dazu noch eine Handschrift von Anno dazumal lässt manch einen schon mal gehörig ins Schwitzen kommen.", fragte sie Ella.

„Ja, natürlich kann ich es lesen. Aber mich interessiert viel eher, ob in diesem Buch auch etwas über eine Perchta zu finden ist."

„Den Begriff hab ich ja noch nie gehört. Kann man das essen?", witzelte Carrie kopfschüttelnd.

„Bitte, es ist wichtig.", flehte Ella eindringlich. Carrie hob beschwichtigend die Hände und tippte den Namen in ihrem Katalog ein.

„Nein, ich finde keinen einzigen Eintrag darüber in unserem Stichwortverzeichnis." Ella seufzte entnervt auf und ließ den Kopf auf die Theke sinken.

„Immer wenn ich eine noch so winzige Spur verfolge, verläuft sie schließlich im Sande. Dabei schien sie für Ruprecht so wichtig zu sein. Fast wie eine Geliebte."

„Ruprecht, so wie in Knecht Ruprecht?", fragte Carrie. Ella nickte.

„Nun, vielleicht wird diese Perchta nur ganz beiläufig erwähnt, aber dort drin findest du auch eine Legende über Knecht Ruprecht.", warf Carrie ein und nickte in Richtung des Buches zwischen ihnen. Ella hob ruckartig den Kopf.

„Hier ist sie.", sagte Carrie und schlug die Seiten um. Plötzlich wurde sie aschfahl.

„Was ist denn los?", fragte Ella.

„Da.", piepste Carrie und deutete auf das Buch. Ella betrachtete die Seite genauer. Da sah sie es. Jemand hatte zwei Seiten penibel sauber entfernt. Auf den ersten Blick fiel es überhaupt nicht auf, doch wenn man genauer hinsah, konnte man die verräterischen Überreste zweier Seiten an der Falz erkennen. Und Ella hatte auch schon eine Vermutung, wer dahinter steckte. Zumal dieser Jemand vor wenigen Tagen in der Bibliothek war, um sich Kochbücher über Geflügel auszuleihen.

„Hat dieses Buch vor einigen Tagen jemand ausleihen wollen? Oder sich danach erkundigt?", fragte Ella. Carrie überlegte kurz, schüttelte dann aber den Kopf.

„Nein, da war niemand. Die letzte Anfrage liegt schon mehrere Monate zurück und es wird sowieso nur unter Aufsicht herausgegeben.", grübelte sie.

„Wenn du mir versprichst, keine Fragen zu stellen, werde ich dafür sorgen, dass du die Seiten zurückbekommst. Einverstanden?", bot Ella an und streckte Carrie die Hand entgegen. Die Bibliothekarin zögerte kurz, schlug dann aber ein.

„Abgemacht." Ella entzog ihr rasch ihre Hand, als sie bemerkte, das sie beinahe schon Ruprechts Gehabe übernommen hatte. Sie nickte Carrie noch einmal zum Abschied zu und rieb sich verstohlen sie Hand, während sie hinaus in die winterliche Mittagssonne trat. Um die verschwundenen Seiten würde sie sich später kümmern. Vermutlich genügte dafür sowieso ein kurzer Ausflug in den Keller, wenn Ruprecht nicht zu Hause war. Sie schüttelte den Kopf. Im Buchenhain, korrigierte sie sich. Zu Hause war es definitiv nicht. Innerlich rief sie sich zur Ordnung. Vorerst galt es für sie, sämtliche Möglichkeiten auszuschöpfen, um mehr über Perchta herauszufinden. Selbst wenn sie selbst diese Möglichkeiten für unrealistisch hielt. Beinahe ohne ihr Zutun hatten ihre Füße sie zum Terrain des Cirque Bizarre getragen. Im Hellen und ohne die vielen Lichter wirkte alles etwas trübselig auf Ella. Sie schlenderte ziellos durch die verwinkelten Gassen aus Zelten, Wagen und Hütten, ohne genau zu wissen, wonach sie suchte. Alles wirkte wie leergefegt und beinahe ausgestorben. Eine gespenstische Stille umgab das Gelände. Einzig eine Wäscheleine, an der dunkle Kostümteile sich im Wind träge bewegten, zeugte davon, dass sich hier jemand aufhielt. Eine einzelne schwarze Pestmaske war von der Leine gerutscht und lag auf dem lehmigen Boden. Ella hob sie auf und hängte sie zurück, als sie eine winzige und im Vergleich zu den übrigen Zelten geradezu unscheinbare Hütte erblickte. In krakeligen Lettern war der Name „Madame Esmeralda" in die Tür geritzt. Noch ehe sie anklopfen konnte, öffnete sich die Tür knarzend wie von Geisterhand. Im Inneren war es düster, nur eine einzige Kerze beleuchtete flackernd zwei Stühle und einen Tisch, in deren Mitte eine Kristallkugel thronte.

„Madame Esmeralda? Sind Sie da?", fragte Ella in den kargen Raum hinein.

„Ah, Ella. Sie haben den Weg zu mir endlich gefunden. Und ich spüre, dass Sie sehr aufgebracht sind, mein Kind." Die winzige Frau tauchte plötzlich aus einer dunklen Ecke ihrer Hütte auf. Ella nickte, doch dann fiel ihr ein, dass Esmeralda sie nicht sehen konnte.

„Ja, da haben Sie Recht.", antwortete sie stattdessen.

„Ich weiß.", warf Esmeralda mit einem Lächeln auf den spröden Lippen ein und wies Ella mit einer Handbewegung zu einem Stuhl.

„Ich muss mit einer verstorbenen Person sprechen. Können Sie mir weiterhelfen?"

„Aber natürlich. Perchta wird gleich bei uns sein, da bin ich mir sicher."

„Woher wissen Sie um wen es geht?", fragte Ella staunend und rutschte unruhig auf der unbequemen Holzfläche herum.

„Ich bin Seherin, mein Kind.", war alles, was Esmeralda erwiderte, während sie mehrere Tiegel Salbei und Rosmarin auf dem Tisch abstellte und entzündete. Sie warf hin und wieder etwas in die rauchenden Schalen, während sie in einem einlullenden Singsang Beschwörungsformeln murmelte.

Der Qualm kreiste immer höher und höher, bis er sich vom Dach der Hütte aus verdichtete. Der Rauch reizte Ellas Augen und sie blinzelte heftig. Das Brennen wurde immer schlimmer, bis sich Tränen in ihren Augen bildeten. Sie rieb sich die schmerzenden Lider. Durch den trüben Schleier des Tränenfilms glaubte sie die Silhouette einer Frau im Rauch erkennen zu können.

„Perchta, mein Kind. Willkommen in unserer Mitte. Meine Freundin Ella möchte ein paar Fragen an dich richten.", begrüßte Esmeralda die Erscheinung in einem ähnlichen Singsang wie zuvor. Die Silhouette drehte sich zu Ella um und musterte sie lange. Dann nickte sie leicht mit dem Kopf.

„Sie ist einverstanden. Aber wir haben nur wenig Zeit. Ich kann die Erscheinung nicht lange aufrechterhalten", flüsterte Esmeralda. Ella nickte entschlossen.

„In welcher Verbindung stehst du zu Ruprecht?", fragte sie.

„Durch mich ist er zu dem geworden, was er heute ist. All das Leid, das er seitdem ertragen musste, es ist meine Schuld. Ich kann nie wieder gutmachen, was ich ihm angetan habe.", ihre Stimme war kaum mehr als ein gebrochenes Wispern.

„Dennoch will er wieder mit dir vereint sein. Wie will er das anstellen?", bohrte Ella weiter. Madame Esmeralda lief bei ihrem drängenden und beinahe schon kalten Ton ein Schauer über den Rücken. Sie spürte, wie sich die Aura um Ella verdüsterte.

„Er beabsichtigt seine Kräfte zu verlieren. So ist er von seiner Mission befreit und kann endlich Frieden finden. Doch was genau er dafür tun muss, ist mir nicht bekannt.", erklärte Perchta.

„Mir schon.", knurrte Ella. Ein plötzlicher Windstoß von draußen ließ die Kerze erlöschen, noch ehe die Nebelgestalt weitersprechen konnte. Eine Krähe kam in die Hütte geflogen und durchkreuzte die Figur im Rauch, die sich unter dem Flügelschlag der Krähe auflöste. Der Vogel krächzte einmal. Dann landete sie auf Ellas Schulter. Sie strich ihm durch das Gefieder.

„Esmeralda, wir haben einen weiteren Gast heute Abend. Darf ich vorstellen? Dies ist Diabhal.", flüsterte sie mit glühenden Augen.

„Ich kenne jemanden mit dem Namen, doch war es die Gefährtin des Mannes Aonghas. Erst Jahrhunderte später soll sie zu einem Mönch gehört haben, den man hier auch unter dem Namen Satansbruder kennt. Ein Vogel, der nur auf den Ruf seines Meisters hört.", murmelte Esmeralda. Die Krähe krächzte ein weiteres Mal.

„Und weiter?"

„Ach, Kindchen. Ich fürchte mich nicht vor dem Tod. Ich wandle seit Jahrhunderten auf dieser Erde und habe alles erlebt. Der Tod ist nur ein weiteres, letztes Abenteuer. Doch ich frage mich nur nach dem warum."

„Du hast alles gehört, was Perchta sagte. Ich kann nicht zulassen, dass mein treuster Schüler mich verlässt und mit ihm die Möglichkeit, die Menschheit zu versklaven.", antwortete Ella mit diabolischem Grinsen auf den Lippen.

„Ich verstehe."

„Gute letzte Worte.", höhnte Ella. Madame Esmeralda legte ihre Hände in ihren Schoß, als der dritte Schrei der Krähe in ihr Ohr drang.

13: Licht und Finsternis

Winzige Flusen tanzten durch den hellen Licht-
strahl des Scheinwerfers und kitzelten Rita Mae
Fuller in der Nase. Sie versuchte erfolglos ein Nie-
sen zu unterdrücken. Auf Zehenspitzen schlich sie
über die Holzdielen zu dem winzigen Spalt in dem
Moltonvorhang und hoffte, dass sie niemand gehört hatte. Vorsichtig spähte sie durch den schweren Stoff und betrachtete die Menschenmenge, die
in den großen Saal des Gemeindehauses strömte.
Inmitten der Halle tummelte sich alles, was in
Noellenberg Rang und Namen hatte. Im Zentrum
der Aufmerksamkeit ging der Bürgermeister wieder
mal auf Wählerfang und führte seine Sekretärin an
seinem wohlbeleibten Arm durch den Pulk rangho-
her Größen aus Medien, Wirtschaft und Verwal-
tung. Sie konnte sich ausmalen, dass heute Abend
an der ausladenden Bar im Foyer einige lukrative
Geschäfte unter den anwesenden Firmenchefs abgeschlossen wurden. Sie ließ ihren Blick über die
Köpfe der Anwesenden schweifen und suchte nach
einem bestimmten Sitz. Ihrem Sitz. Dort, in der
hintersten Reihe ganz links, wo sie im Alter von gerade einmal neun Jahren zum ersten Mal das all-
jährliche Singspiel zu Ehren der Heiligen Lucia angeschaut hatte. Heute Abend wurde der Stuhl von

der jüngsten Brascher Tochter okkupiert, deren ältere Schwester Katy in diesem Jahr ebenfalls mit von der Partie war.

„Wie viele sind da?", wisperte eine Stimme neben ihr.

„Ich glaube, es sind schon so ziemlich alle.", raunte sie in das Ohr ihres Spielpartners.

„Ich glaube, mir wird schlecht.", murmelte er und stieß einige Male lautstark die Luft aus seinen Lungen. Immer mehr Mitglieder aus ihrer AG betraten die kleine Bühne und drängten sich hinter den Vorhang, um einmal einen kurzen Blick in den Zuschauersaal zu werfen und auszukundschaften, ob ihre Liebsten schon anwesend waren. Als im Orchestergraben unter ihnen die ersten Streicher ihre Instrumente anspielten, schien Ritas Herz plötzlich kurz auszusetzten und dann wie wild in ihrer Brust zu klopfen, als ob es die verpassten Schläge aufholen wollte. Ihre feuchten Handflächen wischte sie verstohlen an dem schneeweißen Kleid trocken. Sie atmete mehrfach tief und konzentriert ein. Heute war ihr Abend. Ihre Möglichkeit in der Partie der Lucia zu beeindrucken. Seit sie vor neun Jahren die damalige Lucia gesehen hatte, wollte sie nichts anderes mehr, als eines Abends ebenfalls in diesem weißen Kleid und dem Kranz aus Kerzen auf ihrem Kopf die Menschen mit ihrem Solo zu Tränen rühren. Nur zu gut erinnerte sie sich an die Aussage ihrer Mutter, dass sie die Rolle vergessen solle, denn niemals würde sie eine

Chance haben. Lucia war jedes Jahr blond und vor allem eines: Weiß. Als sie sich heute hinter die Bühne geschlichen hatte, war sie an einigen rüstigen Damen vorbeigekommen, die offensichtlich die Ansicht ihrer Mutter teilten und sich lautstark darüber ausließen, als sie Ritas Foto auf dem Besetzungsbord gesehen hatten. Obwohl es ihr einen Stich in ihrem Herzen versetzte, spornte es sie zeitgleich auch an, eine Darbietung zu liefern, die niemand so schnell vergessen sollte. Im Publikum hatte sie den Direktor des Cirque Bizarre ausfindig machen können. Zugegeben, das war kein großes Kunststück, denn der Mann war so bekannt wie ein bunter Hund und jedes Jahr in der Vorstellung anwesend. Doch sie erinnerte sich so genau an einen Winter, als sei es erst gestern geschehen, als er eine ihrer Vorgängerinnen direkt nach der Aufführung von der Bühne weg für seinen Zirkus engagiert hatte. Sie selbst hatte damals im Publikum auf ihrem Stuhl gesessen und alles mit großen Augen genauestens beobachtet. Seitdem wusste sie, dass dies ihre Möglichkeit war, endlich aus diesem verschlafenen Ort zu entkommen und die Welt zu erkunden.

„Alle zusammenkommen für ein Gruppen Selfie!" Der Ausruf ihrer Regisseurin lenkte Ritas Aufmerksamkeit wieder zurück in das Hier und Jetzt. Sie eilte zu ihren Mitspielern und grinste breit in die Kamera.

„In wenigen Minuten geht es los. Ich weiß, ihr seid alle großartig und werdet alles fantastisch meistern. Ich glaube an euch.", feuerte die Regisseurin ihre Truppe an, nachdem sie das Bild an alle Beteiligten geschickt hatte. Mit einem letzten Kopfnicken in Richtung ihrer Gruppe trat sie vor den Vorhang und hieß die Gäste willkommen. Unter leisem Gemurmel, in denen sich alle ein letztes Mal gegenseitig viel Glück wünschten, huschte jeder auf seinen Platz für die erste Szene. Rita positionierte ihren Fuß gerade rechtzeitig auf dem kleinen Klebestreifen am Boden, ehe der Vorhang sich hob. Gleißendes Scheinwerferlicht blendete sie, als die Ouvertüre aus dem Orchestergraben erklang und ihre gesamte Nervosität fortspülte. Sie blinzelte die Tränen fort, die das Licht in ihre Augen trieb und setzte zu den ersten Tönen an.

Zwei Stunden später stieß Ruprecht Gabriel seinen Ellbogen in der hintersten Reihe etwas unsanft in die Seiten. Der schreckte auf und zog sich zwei Wattebäusche aus den Ohren.
„Ist das endlich zu Ende?", fragte der Älteste.
„Du wolltest dir den Kram doch unbedingt anschauen, ich passe hier lediglich auf unser Engelchen auf, damit sie keine Dummheiten anstellt.", brummte Ruprecht.
„Ich schaue es jedes Jahr an. Es ist immer das gleiche Stück. Daher kann ich dir schon nach den ersten Minuten sagen, wie die Qualität in diesem Jahr

ist. Während die Lucia alle anderen an die Wand gespielt hat, war der Rest eher recht passabel." Gabriel machte eine wegwerfende Handbewegung und beobachtete, wie der Bürgermeister sich neben Rita positionierte, sein gewinnbringendstes Lächeln aufsetzte und ihr für ein Foto der Pressevertreter die Hand schüttelte.

„Noellenberg setzt sich für Diversität und Gleichberechtigung ein, wie wir heute Abend mit der ersten dunkelhäutigen Lucia bewiesen haben.", prahlte er vor den Journalisten so laut, dass es auch alle potentiellen Wähler hören konnten. Gabriels Blick glitt weiter zu Ella, die einige Reihen weiter vorne neben Jan Seifelt saß und sich köstlich über etwas zu amüsieren schien, dass er ihr zugeraunt hatte.

„Woran kann sie sich bezüglich gestern Nacht erinnern?", fragte Gabriel. Esmeraldas Tod nahm ihn mehr mit, als er vor Ruprecht zugeben wollte. Sie hatte ihn stets mit Informationen von zu Hause versorgt und auf ihre Art und Weise immer ein Auge auf alle gehabt, die ihm wichtig waren. Vor allem Ruprechts Treiben hatte sie ständig beobachtet. Sie hinterließ eine Leere in ihm, die er nur schwer zu verbergen wusste.

„Sie war sehr bestürzt, als sie es erfahren hat, obwohl ihr deine Seherin ziemlich unheimlich war. Ich glaube also kaum, dass sie sich an etwas erinnern kann. Ich meine, sieh sie dir an. Sie ist fröhlich, vergnügt und wie immer so unglaublich positiv gestimmt." Gabriel rieb sich nachdenklich über seinen ergrauten Bart.

„Das ist nicht gut.", murmelte er. Ruprecht blickte ihn fragend an.

„Du erinnerst dich sicherlich an Aonghas, den Stammesältesten der Druiden, die einst hier lebten?"

„Wie der Zufall es so will, werde ich sein Antlitz nie vergessen.", antwortete Ruprecht spitz. Er warf Gabriel einen hasserfüllten Blick zu. Über diesen Quacksalber zu sprechen, war das letzte, was er wollte.

„Die Mächte, die er einst beschwor und an sich binden wollte waren für einen menschlichen Körper letztendlich zu stark. Doch erinnere dich daran, wie viel Zerstörung und Unheil die Kräfte in Aonghas bis zu seinem Tod über seine Mitmenschen gebracht haben. Auch er konnte sich anschließend nicht erinnern, was er gemacht hatte, sobald er die Kontrolle über die Mächte verloren hatte. Und dann überlege einmal, was passieren würde, wenn sie sich einen Wirt wie Ella suchen. Ein junger Engel und dazu sehr viel stärker als alle zu Hause angenommen haben.", eröffnete der Älteste seinem Gegenüber. Ruprecht wurde kreidebleich.

„Du vermutest, dass diese Finsternis genau diese Macht ist?", kombinierte Ruprecht. Gabriel nickte nachdenklich.

„Das wäre möglich."

„Nein. Bitte nicht noch einmal.", flüsterte Ruprecht.

„Ich fürchte, wir müssen uns darauf gefasst machen, dass Noellenberg erneut eine düstere Zeit bevorsteht. Und diesmal wird es vermutlich noch schlimmer." Ruprecht würgte.

„Ich würde die Apokalypse vorziehen.", warf er verzweifelt ein.

„Ich werde morgen kurz nach Hause zurückkehren, um den Ältestenrat einzuberufen. Wir werden uns diese Finsternis unter diesem Aspekt genauer anschauen und eine Lösung finden.", versprach Gabriel.

„Was kann ich in der Zwischenzeit tun?"

„Halte das Gleichgewicht. Sei Ellas Gegenpol. Vergiss nicht, dass ihr immer noch einen Wetteinsatz habt. Die Finsternis wird alles versuchen, damit du doch nicht verlierst, um sterben zu können.", erklärte Gabriel.

„Du meinst, ich soll die Menschen unterstützen und eine gute Tat tun?", hakte Ruprecht nach und klang dabei, als hätte er plötzlich starke Schmerzen.

„So ist es."

„Könnten wir nochmal über die Apokalypse reden?", bat Ruprecht todernst, während er weiterhin Ella beobachtete, die versehentlich Jans Arm streifte, als er ihr in den Mantel half. Ruprecht wollte sich gerade wieder Gabriel zuwenden, als er etwas aus dem Augenwinkel heraus wahrnahm. Ein Symbol aus gekreuzten Schwertern und Flügeln auf Jans Nacken, das sanft aufleuchtete, als Ella Jan berührte.

„Hast du das gesehen?", fragte er Gabriel und deutete auf den jungen Buchhändler. Der Älteste nickte wissend.

„Warum ziert Seifelts Nacken das Wappen unseres Hauses, sobald Ella mit seiner Haut in Berührung kommt?"

„Hast du es wahrlich noch nicht bemerkt? Jan ist nicht ausschließlich menschlich. Ein Hauch unserer Blutlinie fließt in ihm und seiner gesamten Familie."

„Was?", entfuhr es Ruprecht etwas lauter, sodass einige der umstehenden Leute ihn verstimmt anblickten. Doch er nahm es kaum wahr.

„Sag mir jetzt nicht, dass diese Resistenz gegenüber unserer Fähigkeiten daher rührt, dass du dich nicht zusammenreißen konntest."

„Fragt Ruprecht, der das Wort Keuschheit noch nie leiden konnte. Kannst du wirklich ausschließen, dass du der Urheber bist?", versetzte Gabriel achselzuckend, ohne wirklich auf die Frage seines Gegenübers zu antworten. Doch Ruprecht war zu aufgebracht, um dem große Beachtung zu schenken.

„Wag es ja nicht.", zischte er Gabriel zu und stürmte ohne ein weiteres Wort aus dem Saal, der ihm plötzlich viel zu stickig und eng vorkam. Er marschierte mit geballten Fäusten die Straßen entlang, immer dem Drang widerstehend auf irgendetwas einzuschlagen. Im Buchenhain angekommen stürmte er in den Keller und schnappte sich seine Axt. Er hieb unnachgiebig auf alles ein, das ihm in den Weg kam, bis ihn seine Kräfte verließen und er kraftlos auf dem Blutstein niedersank.

„Wie konntest du nur, Gabriel? Nach allem, was passiert ist.", hauchte er mit belegter Stimme in die Dunkelheit des ramponierten Kellers hinein.

14: Die Regentschaft der Krähe

Zur Zeit der ersten Siedler in Noellenberg:
Aonghas trat mit dem Morgengrauen hinaus ins
Freie. Seine baren Füße berührten die taufeuchte
Wiese und er sog tief die frische Luft ein. In einem
kurzen Gebet dankte er seinen Göttern für den
neuen Tag und die Gaben, die er bringen würde
und bat für ausreichend Kraft für die bevorste-
hende Zeremonie. Während er über die Wiese
schritt, gesellten sich seine Stammesbrüder nach
und nach zu ihm. Gemeinsam zog es die Prozession in Richtung des Flusses, an dem Aonghas
heute als neues Stammesoberhaupt gesegnet werden sollte. Dort angekommen hatten sich bereits
die Tiere des Waldes und des Wassers versammelt,
um der Zeremonie beizuwohnen und den neuen
Hüter des Waldes zu ehren. Aonghas kniete sich
an das Flussufer, bettete seine Hände offen auf den
weißen Leinenstoff seiner Gewänder und setzte in
einem leisen Singsang zu einem Gebet an die Götter der Natur an. Einer der Hirsche neigte ehrfürchtig seinen Kopf vor Aonghas, sodass ein ge-
bundener Kranz aus Blättern, Zweigen und Beeren
von seinem Geweih sanft auf dessen Kopf glitt.
„Ich danke dir für die Gaben des Waldes.", murmelte Aonghas zu dem Hirsch. Er kreuzte beide
Arme vor der Brust und dankte ihm so aus tiefstem

Herzen, ehe er sich erhob und in einer ausladenden Geste, die sowohl die Tiere als auch die Menschen einschloss, lud er zu gemeinsamen Feierlichkeiten auf der Wiese ein. Während der Zeremonie hatten die Frauen des Stammes die Wiese in ein offenes Festgelände verwandelt. Helle Streifen aus Leinen hingen zwischen den Baumkronen. Jeder suchte sich einen Platz auf den Tüchern am Boden und bediente sich an den Bergen von Obst, Brot und Gemüse. Gemeinsam wurde bis spät in die Nacht hinein gefeiert, gegessen und gesungen. Erst als der Mond hoch am Himmel stand, entließ Aonghas mit einer tiefen Verbeugung die Tiere, die nun unter seiner Obhut standen und seine Stammesbrüder, die unter seiner Führung Mutter Natur dienen und schützen würden. Ihn selbst zog es erneut in den Wald hinein, um im fahlen Licht des Vollmondes nach Kräutern zu suchen, die er nur an jenen Abenden ernten durfte, um ihre Magie zu konservieren. Plötzlich erregte ein plätscherndes Geräusch seine Aufmerksamkeit. Er eilte dem Geräusch nach, bis er auf einer Lichtung stand. Am gegenüberliegenden Ende lag ein See. Dort sah er sie zum ersten Mal. Eine junge Frau, die im See badete. Schnell trat er einige Schritte zurück und verbarg sich hinter einem Strauch, damit sie ihn nicht bemerkte. Er beobachtete fasziniert die Wassertropfen, die sich im Mondlicht glitzernd ihren Weg über ihren nackten Körper bahnten und einen leichten Film auf ihrer Haut hinterließen. Sie tauchte unter und er starrte gebannt auf den See, bis sie wieder die Wasseroberfläche durchbrach. Ihr vergnügtes Glucksen trug der Wind bis in sein Ohr und es klang für ihn wie die schönste Melodie, die er je gehört hatte. Er beobachtete sie noch eine Weile. Erst als sie aus dem See stieg und sich in ihre Gewänder hüllte, zog er sich vollends zurück. Seitdem beherrschte sie seine Gedanken sowohl tagsüber, aber vor allem nachts, wenn er einsam in seiner kleinen Lehmhütte lag. Sie zeigte ihm, was er als Stammesältester noch nicht erreicht hatte. Was hätte er nur dafür gegeben, zumindest ihren Namen zu kennen. Er musste sie wiedersehen. Jedes Mal, wenn er in den Wald ging, fand er eine Möglichkeit, seinen Weg an dem See vorbei zu führen, in der Hoffnung sie noch einmal zu erblicken. Doch es sollten noch mehrere Monde vergehen, bis sich sein Wunsch erfüllte. Während er das Unterholz nach einer seltenen Blüte für einen Trank durchforstete, entdeckte er sie. Gemeinsam mit seinem jüngsten Stammesbruder schlenderte sie auf den Pfaden seines Waldes. Aonghas' Blick wurde wie magisch von ihren verflochtenen Händen angezogen. Er runzelte die Stirn, denn dieser Anblick gefiel ihm überhaupt nicht.

„Peredur!", seine Stimme peitschte durch die Bäume und sein Stammesbruder zuckte zusammen.

„Was tust du hier? Warum bist du nicht auf deinem Posten, um die Feierlichkeiten zu Ehren unserer großen Mutter Natur vorzubereiten?" Aonghas baute sich in seiner vollen Größe vor Peredur auf und starrte ihn ernst von oben herab an.

„Ich habe nur einen Gast herumgeführt. Ich dachte, sie könnte heute Abend mit zum Fest kommen.", stotterte er und wand sich sichtlich unter Aonghas' Blicken. Das Stammesoberhaupt wandte seine Aufmerksamkeit der Frau zu und die Strenge um seine Augen wich einem weichen und geradezu liebevollen Blick.

„Wie lautet dein Name?", erkundigte er sich.

„Mein Vater nannte mich Diabhal.", antwortete sie, den Blick starr auf das Gras zu ihren Füßen gerichtet. Er trat direkt vor sie und zwang mit seinem Zeigefinger unter ihrem Kinn ihren Kopf nach oben, sodass ihre schwarzen Augen seinen blauen begegneten.

„Als Stammesältester obliegt es allein mir, Menschen außerhalb unseres Stammes zu unserem Fest einzuladen. Doch du sollst heute Abend mein Ehrengast sein und alle Privilegien genießen, die nur dem Oberhaupt zuteilwerden. Doch bis dahin gestatte mir, dich herumzuführen." Er strich ihr mit seinem Daumen sanft über die Wange, ehe er ihr demonstrativ seinen Arm reichte. Nur wiederwillig löste sie sich von Peredur und gesellte sich zu Aonghas.

Am Abend saß Diabhal neben ihm auf dem weißen Tuch und er ließ ihr sämtliche Aufmerksamkeiten und Annehmlichkeiten angedeihen, die seine Bruderschaft aufbringen konnte. Doch wann immer er sie ansah, bemerkte er, wie sie Peredur verstohlene Blicke zuwarf.

„Hier, koste noch etwas von dem Wein.", bot er an und hielt den Festkelch an ihre Lippen, um ihren Blick auf sich zu lenken.

„Vielen Dank.", antwortete sie freundlich, aber dennoch distanziert. Er wurde immer unruhiger je weiter der Abend fortschritt. Es schien, je mehr er sich um ihre Aufmerksamkeit bemühte, desto eher war sie gewillt die ihre Peredur zu schenken. Selbst beim Tanz landete sie wann immer es ihr möglich war in seinen Armen. Sie lachte Peredur offen an und schien an seiner Gesellschaft mehr Vergnügen zu finden, als in der seinen. Als es Peredur dann noch wagte, sie mitten im Tanz an sich zu ziehen und ihr einen Kuss auf die Lippen zu hauchen, sprang Aonghas auf und lief mit geballten Fäusten in den Wald hinein. Ein heißes Ziehen in seiner Magengrube, das er bis zum heutigen Tag noch nie gespürt hatte, breitete sich in seinem ganzen Körper aus und machte ihn rasend. Blind vor Wut rannte er durch seinen Wald und landete schließlich auf der Lichtung, auf der er Diabhal zum ersten Mal im See gesehen hatte. Der Vollmond schien jedoch heute an Leuchtkraft verloren zu haben und tauchte alles in ein trübes Grau.

„Ihr großen Mächte der Welt, ich rufe euch heute Nacht an. Kommet zu mir und gehorcht meinen Wünschen!", schrie er in die Nachtluft hinein. Zunächst bemerkte er keine Veränderung. Doch plötzlich begann der See vor ihm zu brodeln. Das Wasser wandelte sich zu einer dicken schwarzen Masse, die von aufplatzenden Blasen stinkenden Eiters durchzogen waren. Eine dicke und übelriechende Nebelschicht umhüllte Aonghas und breitete sich immer weiter aus. Sie tauchte den Wald in eine unheimliche Stille. Aus den brodelnden Massen erhob sich eine finstere Gestalt, auf dessen Haupt eine pechschwarze Krone saß. In ihren Augenhöhlen brannten kleine rote Punkte.

„Du wagst es, mich zu rufen, Sterblicher. Was ist dein Begehr?", dröhnte die Stimme des Schattens direkt in seinem Kopf.

„Ich begehre, dass die Frau Diabhal, die in den Armen meines Bruders Peredur liegt, mir ihre Liebe schenkt. Obwohl ich als Stammesältester weiser und viel mächtiger bin als er, hat sie ihn erwählt. Das ist wider die Natur und muss korrigiert werden."

„Ich verfüge über große Macht, aber die Liebe einer Frau zu formen übersteigt meine Fähigkeiten. Doch kann ich dafür sorgen, dass sie sich von deinem Bruder abwendet. Der Rest obliegt dir."

„Das genügt.", stimmte Aonghas zu.

„Gut. Aber sprich, mein Freund, was bietest du mir als Gegenleistung? Jeder Handel hat schließlich seinen Preis. Und dein Begehr ist ein ziemlich großer Eingriff in das Schicksal und die Natur, die ihr seid jeher vor mir verteidigt.", verlangte der Schatten zu wissen.

„Was immer Euer Begehr ist.", bot der Druide an. Ein Lachen ertönte in seinem Inneren, dass er allein von dem Klang glaubte, sein Kopf würde gleich zerbrechen.

„So sei es.", besiegelte die Gestalt ihren Handel. Mit einer Handbewegung schickte er eine Nebelschwade in Richtung der Wiese und bald darauf trat Peredur auf die Lichtung, seine Augen komplett weiß. Es schien als hätte der Nebel ihn an seinen Gelenken gefesselt und hergetragen. So glitt er bis vor die finstere Gestalt mit den glühenden Augen und sank willenlos auf seine Knie. Das gesamte Wasser des Sees war verschwunden und einzig ein großer Stein war in dessen Mitte zurückgeblieben, umgeben von den verendeten Bewohnern des Wassers.

„Aonghas, mein Freund, tritt zu mir und löse dein Versprechen ein.", forderte die finstere Gestalt. Aonghas tat wie ihm geheißen und stieg über die toten Fische zu seinem Bruder.

„Entledige dich seiner. Tröste sie, wenn sie um ihn trauert. Sei für sie da und teile ihren Schmerz.", flüsterte die Gestalt und ließ Bilder in seinem Kopf entstehen, die ihm ein wohliges Seufzen entlockten: Diabhal, die sich ihm endlich hingab und seinen Namen flüsterte, während sie sich unter ihm vor Lust wand. Von dem Verlangen getrieben, diese Bilder real werden zu lassen, griff er nach seiner Sichel und zog sie in einem einzigen Hieb über die Kehle seines Bruders. Blut quoll aus der Wunde und floss über den Stein, der sich langsam rötlich verfärbte. Die würgenden Geräusche seines Bruders mischten sich mit dem höhnischen Gelächter des Schattens.

„Danke, mein Freund.", hörte Aonghas die Gestalt noch sagen, ehe sie seinen Körper gegen den Stein schmetterte und über die blutende Wunde an seinem Kopf leckte.

„Das wird gehen.", schätzte die Gestalt, nachdem sie das Blut einer ausgiebigen Kostprobe unterzogen hatte und bemächtigte sich des Körpers von Aonghas, bis seine Augen rot glühten und sich seine einst weißen Roben schwarz gefärbt hatten.

Von der Macht beseelt, die durch seinen Körper strömte, schritt Aonghas zurück auf die Wiese. Er griff grob in Diabhals Haare und zog ihren Kopf zu sich. Er presste seine Lippen hart auf ihre. Sie schrie auf. Unter seiner Berührung schmolzen ihre Haare und wichen einer Krone aus Federn. Ihr Schrei wurde immer animalischer, bis er nicht mehr als Laut eines Menschen zu erkennen war. Aus ihren Armen stoben schwarze Federn und ihr Körper schrumpfte in seinem unerbittlichen Griff.

„Sieh hin an dem blutenden Stein, ich habe das alles nur für dich getan. Du sollst mir gehören. Es ist deine Schuld. Hättest du meine Aufmerksamkeiten genügend genossen, hätte er nicht sterben müssen.", schrie er über die gesamte Wiese. Seine Stammesbrüder blickten ihn mit kalkweißen Gesichtern an.

„Ich werde dir nie gehören.", wollte sie ihm entgegenschleudern, doch nichts weiter als das Krächzen einer Krähe drang aus ihrer Kehle.

„ Dies sei mein Geschenk an dich: In dieser Gestalt wirst du bleiben, bis du dich mir freiwillig hingibst. Bis dahin gehorchst du meinem Ruf. Und nun flieg, meine Geliebte. Flieg und suche mir eine starke Seele, mich zu nähren. Bringe sie zu dem blutenden Stein, damit unsere Macht wächst und gedeiht."

Diabhal erschauderte. Aonghas hatte das Böse in diese Welt gebracht und sie verzaubert, als Dienerin der Finsternis seine Weisungen auszuführen. Sie breitete gegen ihren Willen ihre neuen Flügel aus und erhob sich in die Lüfte.

„Wenn du zu mir zurückkehrst, wirst du an meiner Seite als Königin über diese Welt herrschen.", flüsterte er ihr nach, ehe er sich an seine Brüder wandte.

„Nun ist es an euch zu wählen. Folgt mir, bis die Regentschaft meiner geliebten Krähe anbricht, oder wählt den Tod."

15: Schwarze Federn

Das gleißende Licht des Blitzes erhellte den Saal des Gemeindehauses für den Bruchteil einer Sekunde. Zufrieden betrachtete Daniel Berger sein Werk auf dem kleinen Display der Kamera. Er nickte dem Bürgermeister und der jungen Nachwuchsschauspielerin zum Abschied zu, ehe er sich aus dem Menschenpulk zurückzog, der nur darauf brannte, Rita Mae zu ihrer fantastischen Darbietung zu gratulieren. Er eilte zur Redaktion, um den Artikel über das Stück für die morgige Ausgabe fertig zu stellen. Während er das Foto in den Artikel fertigen Text einfügte, glitt sein Blick zu dem Bilderrahmen auf seinem Schreibtisch. Es zeigte einen verrußten Feuerwehrmann, der in seinen Armen ein kleines Mädchen barg, während sich im Hintergrund eine Feuersalve durch die Trümmer des Waisenhauses fraß. Dieses Foto hatte ihn vor fünf Jahren über Nacht zur gefeierten Sensation gemacht. Als Pressefotograf des Jahres hatte er Ehrungen erhalten, Preise abgeräumt und keine Cocktailparty ausgelassen, zu der er geladen wurde. Er wusste selbst nicht, was geschehen war, dass er plötzlich wieder in diesem Kaff versauerte und für den Lokalteil der Zeitung alternde Jubilare oder den jährlichen Umzug des Schützenvereins ablichten musste. Wann immer er an seinem

Schreibtisch in der Redaktion seine Auszeichnungen polierte, dachte er wehmütig an seinen verblassten Ruhm und besonders an die Annehmlichkeiten, die er mit sich brachte. Eine Stimme in seinem Inneren flüsterte ihm dann immer zu, wie schön es wäre, diese Erfolge wieder aufleben zu lassen. Doch seine Bewerbungen bei den Redaktionen in den umliegenden Großstädten waren unbeantwortet geblieben und jeder neue Tag machte es ihm nur zu deutlich, dass hier in Noellenberg ein solch spektakulärer Schnappschuss kein weiteres Mal gelingen würde.

„Nicht, wenn du dem Schicksal nicht auf die Sprünge hilfst.", murmelte die Stimme in seinem Inneren und lachte vergnügt.

Ella schreckte ruckartig aus ihrem Traum hoch. Heftig atmend schlang sie ihre Decke enger um sich, um das Frösteln in ihren Gliedern zu vertreiben. Während die Einzelheiten ihres Alptraumes in ihrer Erinnerung bereits verblassten, glaubte sie immer noch die Hitze zu spüren, die ihre Haare versengte und in ihren Lungen brannte.

„Nur ein Traum.", murmelte sie und lehnte sich in ihre Kissen zurück. Sie strich ihre schweißnassen Haare aus der Stirn. Doch sobald sie versuchte, ihre Augen zu schließen, sah sie sofort wieder die Bilder aus ihrem Traum vor sich: ein tosendes Flammenmeer im großen Saal des Gemeindehauses. Der Kreis aus Flammen wütete immer weiter, doch mit jener Gewissheit, die nur den Träumenden zu Eigen ist, wusste Ella, dass ihr das Feuer gehorchte und sie nicht angreifen würde. Sie riss ihre Augen wieder auf und schlug die Decke beiseite. Seufzend stand sie auf und schlich ins Erdgeschoss hinab. Sie fühlte sich, als hätte sie nicht eine Minute geschlafen. Dieser Moment verlangte in ihren Augen nach einem großen Pott Kaffee und einem noch größeren Stück Schokolade, um die bleierne Müdigkeit aus ihren Gliedern zu vertreiben. Im Wohnzimmer zog sie die Schublade des Sekretärs auf und stutzte. Dort, wo sie ihren geheimen Schokovorrat vor Ruprecht versteckte, fand sie nur die zerknüllten Überreste der Verpackung. Sie fuhr sich mit der Hand über die Augen und seufzte. Es war nicht das erste Mal, dass sie sich nicht mehr an das erinnern konnte, was sie getan hatte. Und jetzt, wo sie darüber nachdachte, fiel ihr auf, dass sie seitdem jede Nacht von Albträumen geplagt wurde. Ein Gedanke durchzuckte sie. Was, wenn diese Albträume nicht bloß Einbildungen waren, sondern Erinnerungsfetzen? Jene Dinge, die geschahen, wenn die Finsternis in ihr sich regte und die Kontrolle über ihr Handeln erlangte. Sie biss sich auf die Lippen. Einerseits brannte sie darauf zu erfahren, was vorgefallen war, doch gleichzeitig fürchtete sie sich. In ihrem Kopf blitzten Bilder auf. Bilder, in denen sie sich die schlimmsten Taten ausmalte. Entschlossen schüttelte sie ihre Gedanken ab, griff nach ihrem Mantel und verließ den Buchenhain in Richtung der Innenstadt. Es war noch früh, sodass sie glücklicherweise keiner Menschenseele begegnete, während sie die Straßen entlangrannte. Sie stoppte erst, als sie keuchend vor dem Parkplatz des Gemeindehauses stand. Weiter kam sie nicht, denn ein rotweißes Flatterband sperrte das gesamte Gelände ab und eine dicke Rauchschicht umgab das Gebäude. Pechschwarze Dachbalken ragten im fahlen Mondlicht in den Himmel und noch immer stiegen hier und da kleine Rauchschwaden in den dicken, stinkenden Qualm, der, in das blaues Licht diverser Einsatzfahrzeuge getaucht, das gesamte Areal einhüllte.

„Nein. Das darf nicht wahr sein.", murmelte Ella und blickte entsetzt auf die verbrannten Überreste des Gemeindehauses.

„Ach du Scheiße, was ist denn hier passiert?", ertönte eine bekannte Stimme nicht weit hinter ihr. Ella drehte sich herum und erkannte Jan, der entgeistert auf die Ruine am Ende des Parkplatzes starrte, während er langsam auf Ella zuging. Der Zwergspitz, den er an einer Leine mit sich führte, stieß ein freudiges Bellen aus und sprang an Ellas Beinen hoch, um sich seine wohlverdienten Streicheleinheiten abzuholen und in Richtung ihrer Hosentaschen zu schnüffeln, in der Hoffnung, dort ein Leckerli zu finden.

„Hey, Günni. Bei Fuß. Benimm dich gefälligst.", kommandierte Jan.

„Trude geht es heute nicht so gut, deshalb kümmere ich mich um ihren Hund.", erklärte Jan, doch dann merkte er, wie Ella am ganzen Leib zitterte. Er schlüpfte aus seinem Mantel und legte ihn fürsorglich um ihre Schultern.

„Glaubst du, es war noch jemand im Gebäude?", fragte sie mit brüchiger Stimme.

„Hey, die Vorstellung war doch schon längst vorbei und es war sicherlich niemand mehr hier, als das Feuer losging. Schau mal.", versuchte er sie zu beruhigen und rief auf seinem Smartphone die Seite des Noellenberger Kuriers auf.

„Die Meldung über das Feuer ist vor einer Stunde geschrieben worden, auf dem Foto brennt das Gebäude sogar noch. Das war um 3 Uhr morgens, da schlafen hier eigentlich alle.", fuhr er fort und hielt ihr das Display vor die Nase, damit sie es selbst nachlesen konnte. Ella nickte abwesend und kuschelte sich enger in Jans Mantel. Doch in ihren Gedanken kreiste unablässig eine Frage. Hatte sie das Feuer gelegt und konnte sich nur nicht mehr daran erinnern?

„Komm, ich begleite dich nach Hause. Dann nimmst du ein heißes Bad und schläfst noch eine Runde. Du wirst sehen, dann sieht die Welt schon wieder ganz anders aus.", sagte Jan und legte ihr seinen Arm um die Schultern, damit er sie sanft in die Richtung des Buchenhains dirigieren konnte.

Eine Windböe fuhr heulend durch die kahlen Bäume, während sie die Ausläufer des Waldes erreichten.

„Mörderin!", schienen die Baumkronen Ella zu zuraunen.

„Hast du das gehört?", wisperte Ella. Jan blickte sie ratlos an.

„Nein. Was denn?"

„Die Bäume. Ihr Flüstern."

„Ah. Ja. Also, nein. Hab ich nicht."

„Mörderin!" Das Flüstern der Bäume wurde lauter.

„Da war es wieder.", quiekte Ella ängstlich und krallte ihre Hand in Jans Arm.

„Okay. Für mich klingt es nur nach Wind."

„Mörderin!" Ella hielt sich die Hände über die Ohren. Für sie klang das Flüstern mittlerweile wie ein ohrenbetäubender Schrei. Sie schüttelte verzweifelt den Kopf.

„Nein, nein, nein. Das kann nicht sein. Seid ruhig." Tränen sammelten sich in ihren Augen und blind stolperte sie über den unebenen Boden. Sie wollte weg, weit weg. Jan blickte Ella verdattert nach, während sie in Richtung des Buchenhains davonrannte. Er schluckte. Auch wenn er Ella noch nicht lange kannte, hatte er in den letzten Tagen eine enorme Veränderung bemerkt. Eine Veränderung, die ihm ziemliche Sorgen bereitete. Ellas Lachen brachte ihre Augen nicht mehr zum Funkeln, wie auf ihrem Weihnachtsmarktbesuch und ihre bei-

nahe schon kindliche Freude über winzige Kleinigkeiten im Alltag, denen er selbst kaum noch Beachtung schenkte, schwand zusehends. Es schien, als würde etwas langsam das Leben aus ihr heraussaugen. Er schüttelte seinen Kopf. Für Vampirromane war er eindeutig zu alt, schalt er sich.
In der Ferne hörte er, wie eine Tür ins Schloss fiel. „Komm, Günni. Ella ist zu Hause angekommen. Jetzt können wir erstmal nichts mehr tun. Gehen wir heim.", sagte er zu dem Vierbeiner und trottete langsam in Richtung des Marktplatzes davon, nicht ohne ab und an einen Blick in Richtung des Buchenhains zu werfen.

Ella wusste später nicht mehr, wie sie es geschafft hatte, den Buchenhain zu erreichen, ohne groß zu stolpern oder über eine der Wurzeln zu fallen. Als sie die Tür hinter sich zu fallen ließ, sank sie schluchzend auf den Boden. Sie legte mit geschlossenen Augen den Kopf in den Nacken und ließ ihren Tränen freien Lauf. Als sie die Augen wieder öffnete, entdeckte sie einen gefalteten Zettel auf dem Schuhschrank. Sie schnappte sich den Zettel und entfaltete ihn. Ella erkannte ihre eigene Handschrift, doch erinnerte sie sich nicht, eine Notiz geschrieben zu haben.

Ella – wenn du wissen willst, was passiert ist, während ich die Kontrolle hatte, schau doch mal auf dein Handy. Ich habe da ein nettes, kleines Video für dich gedreht...

Entschlossen wischte sie die Tränenspuren fort und griff mit zitternden Händen nach dem Handy. „Hallo Ella.", grüßte sie ihr düsteres Antlitz in dem Video und steckte sich genüsslich ein Stück Schokolade in den Mund, während sie sich in einem schwarzen Spitzennegligee auf dem Sofa in Ruprechts Zimmer räkelte.

„Bevor wir zu dem eigentlichen Grund für dieses Video kommen, gestatte mir, mich vorzustellen. Ich bin im gesamten Universum unter zahlreichen Namen bekannt, doch deinesgleichen bedachte mich einst mit dem Titel der Finsternis.", sprach sie weiter, nachdem sie ein weiteres Stück Schokolade vertilgt hatte.

„Seit Jahrhunderten bin ich schon auf der Suche nach einem Körper, der nicht unter meiner Macht zerbricht. Menschen sind derart fragil und schwach, sodass ich nicht lange in ihnen leben kann. Doch ist es nicht wahrlich ironisch, dass ich ausgerechnet in einer Gestalt des Lichtes endlich einen Wirt gefunden habe, in dem ich dauerhaft existieren kann? Zumal mir dieser Körper ausgesprochen gut gefällt." Ein anzügliches Grinsen schlich sich im Video auf Ellas Gesicht und sie fuhr sich aufreizend mit dem rot lackierten Zeigefinger über ihr Dekolletee.

„Und mit diesem Körper ist es sogar noch einfacher, die Schwäche der Menschen auszunutzen und sie zum Bösen zu verführen. Sieh dir nur diesen Trottel hier an." Die Kamera wurde gedreht, sodass sie in den Raum schwenkte und die Sicht auf einen gefesselten Mann freigab, der zusammengesunken gegen Ruprechts Schreibtisch lehnte. Ella erkannte ihn sofort, denn beim Verlassen des Gemeindehauses am Vorabend hatte er sie recht unsanft angerempelt, da er eilig zur Redaktion zurück musste.

„Diesem Exemplar hier brauchte ich nur kurz eine Idee zuflüstern, wie er seinen Ruhm zurückerlangen kann und schon fackelt er in meinem Namen das Gemeindehaus ab." Ellas Ebenbild trat wieder in das Bild und stupste den bewusstlosen Reporter mit der Spitze ihrer Stiefel an, sodass er zur Seite kippte und regungslos liegen blieb.

„Das war schon fast zu einfach für meinen Geschmack. Wir beiden Hübschen müssen uns etwas Spannenderes ausdenken, sobald ich deinen Körper dauerhaft übernommen habe. Meinst du nicht auch?", fragte sie augenzwinkernd in die Kamera, ehe das Video endete.

„Du wirst mich nicht besiegen. Ich werde mich mit aller Kraft gegen dich stellen. Es gibt hier auf Erden so vieles, für das es sich zu kämpfen lohnt. Ich werde es dir zeigen.", entgegnete Ella ihrem Spiegelbild entschlossen, während sich die weißen Federn in ihrem Haar langsam schwarz färbten.

16: Glitzerpartikel

Alenka stützte ihren Kopf schwer auf ihrer Hand ab, während sie beobachtete, wie sich die Kanne der Kaffeemaschine Tropfen um Tropfen weiter füllte. Hin und wieder tippte sie gegen die Glaskaraffe, wie um die Maschine zu motivieren, ihre Aufgabe schneller zu erledigen.

„Jetzt mach schon. Ich brauche Kaffee. Sofort.", spornte sie den Automaten stöhnend an, als die Tür zum Pausenraum des Altenheimes aufgerissen wurde und Susanne Brascher mit einem strahlenden Lachen den Raum betrat.

„Guten Morgen allerseits.", flötete sie, was ihr von Alenka einen bitterbösen Blick einbrachte.

„Wie kann man um diese Uhrzeit nur so unerträglich gut gelaunt sein?", brummte sie kopfschüttelnd.

„Ach, Alenka. Heute ist einfach mein liebster Arbeitstag im gesamten Jahr." Sie zog Alenka in eine Umarmung und achtete gar nicht auf die gemurmelten Protestlaute ihrer Schülerin, als Susanne sie mit sich in den großen Aufenthaltsraum zog und ihr einen großen Pappkarton in die Hand drückte.

„Verteile das schon mal auf den Tischen, während ich nachsehe, wie weit unsere Bewohner mit dem Frühstück sind, damit wir auch gleich loslegen können, wenn die Kids da sind.", ordnete sie an. Während Alenka Klebestifte verteilte, öffnete sich die Tür am Haupteingang quietschend. Susanne blickte überrascht auf, denn die Kitagruppe hatte sich erst in einer Stunde angekündigt. Eine düstere Gestalt blickte sich etwas verloren im Eingangsbereich um. Erst, als er die Kapuze seiner Lederjacke absetzte, erkannte sie, wer vor ihr stand. Die Narbe, die quer über seinem Gesicht verlief, machte ihn unverkennbar.

„Sie?"

„Ich."

„Wir hatten eher mit Ihrer Frau gerechnet."

„Ella ist zurzeit etwas, nun, unpässlich. Aber da ihr dieses Projekt von Ihnen so sehr am Herzen lag, war es für mich ein Bedürfnis für sie einzuspringen.", erklärte er und blickte dabei drein, als würden ihn ungeheure Zahnschmerzen plagen. Wie es sich tatsächlich zugetragen hatte, verschwieg er ihr lieber. Er hatte sich, bewaffnet mit seiner Lieblingsgrillzange, an Ellas Handtasche gewagt und ihren Kalender zwischen all den Tiegeln, Töpfchen und Taschentüchern hervormanövriert. Kopfschüttelnd musterte er das Chaos im Inneren der Tasche.

„Wofür braucht Frau den ganzen Kram?", fragte er sich selbst. Vorsichtig, als sei der Kalender hochexplosiv legte er das kleine Büchlein mit der Zange auf seinem Schreibtisch ab. Seine Katze sprang leichtfüßig auf die Tischlatte und inspizierte skeptisch den Ledereinband des Kalenders.

„Dann mal los, Morgana. Rücken wir beide diesem Manifest mal zu Leibe.", motivierte er sich selbst, während er seine Katze zwischen den Ohren kraulte. Während Morgana auf seinem Schoß schnurrend nach der bequemsten Stelle zum Schlafen suchte, begann Ruprecht den Kalender durchzublättern. Unmengen von unnützen Dingen flogen ihm entgegen. Zeitungsschnipsel, getrocknetes Unkraut, Einkaufsquittungen und handgeschriebene Zettel fielen aus den Seiten heraus. Neugierig entfaltete er einen der Zettel und überflog die Zeilen. „Unbedingt die Zusammensetzung von Schokolade herausfinden!!! Ist sogar mehrfach unterstrichen.", las er Morgana vor, die sich unbeeindruckt weiter putzte. Achselzuckend legte er den Zettel zurück und blätterte durch die Seiten. Schließlich war Ruprecht zu dem heutigen Tag im Kalender vorgedrungen.

„Im Ernst?", fluchte er, als er den Eintrag gelesen hatte, der mit zahlreichen pinken Herzchen und bunten Smileys umrandet war. Obwohl er zugeben musste, dass es sicherlich Ellas Interessen und Talenten entsprach, fragte er sich, welche Mächte sich gegen ihn verschworen hatten.

„Sieht so aus, als müssten wir Weihnachtsdeko basteln gehen, Morgana. Im Altersheim."

So hatte ihn der Wunsch, das Gleichgewicht ihrer Wette zu halten, am heutigen Morgen zum Eingangsbereich des Seniorenheimes getrieben.

„Augen zu und durch.", kommentierte er seine Handlungen, während er durch die quietschende Schiebetür trat.

Mittlerweile hatte ihm Susanne einen großen Pott Kaffee gebracht und Alenka den Tisch, vor dem er saß mit allerhand Scheren, Papier und glitzernden Firlefanz, von dessen Verwendung und Nutzen er keinen blassen Schimmer hatte, ausgestattet. Er musste die Dose mit dem Glitzer wohl besonders fragend angeblickt haben, denn Susanne setzte sich leise seufzend neben ihn.

„Okay, ich bringe sie einmal auf den neusten Stand. Seit zehn Jahren haben wir hier eine besondere Tradition.", begann sie zu erzählen.

„Sie vergisst gerne einmal zu erwähnen, dass die Idee von ihr stammt.", warf Alenka von dem anderen Ende des Raumes aus ein und erntete dafür einen tadelnden Blick von Susanne.

„Einmal im Monat kommt uns die Kitagruppe besuchen. Dann verbringen die Kinder den gesamten Vormittag mit unseren Bewohnern. Sie gehen gemeinsam hinaus in den Park oder spielen zusammen. Für die Kinder, die ohne Großeltern aufwachsen ist es immer etwas ganz Besonderes.", fuhr sie unbeirrt fort.

„Ja. Und uns hält man damit ordentlich auf Trab.", ergänzte eine Dame, die in ihrem Rollstuhl neben

Ruprecht gefahren war und ihn ungeniert von oben bis unten musterte.

„Welches knackige Gemüse hilft uns denn diesmal?", fragte sie Susanne, ohne dabei auch nur eine Sekunde ihren Blick von Ruprecht zu nehmen. Susanne musste ihr Kichern durch einen Hustenanfall tarnen, ehe sie antwortete.

„Herr Knecht, Sie haben heute die Ehre, mit Ingeborg Meisel zu arbeiten."

„Wissen Sie, wenn ich nur ein paar Jährchen jünger wäre, dann müssten Sie sich wahrlich in Acht nehmen.", raunte Ingeborg Ruprecht augenzwinkernd zu, tätschelte ihm die Wange und bot ihm eines ihrer Pfefferminzbonbons an, welches er dankend ablehnte.

„Oh Perchta. Siehst du mich leiden? Und mir sagt man nach, ich sei ein Meister der Folter.", murmelte er durch zusammengebissene Zähne.

„Sie müssen schon etwas lauter sprechen, junger Mann.", ermahnte ihn Ingeborg und rückte ein Stück näher an ihn heran.

„Und ausgerechnet heute steht Basteln auf dem Programm?", erkundigte er sich bei Susanne. Sie nickte begeistert.

„Wir fertigen die Dekoration für den großen Weihnachtsbaum am Marktplatz an. Am Nachmittag des Heiligen Abends wird er aufgestellt und von den Kindern geschmückt. Es wird gemeinsam gesungen und es gibt Glühwein oder heiße Schokolade. Alle aus Noellenberg sind dort. Und kurz nach Sonnenuntergang werden die Lichterketten eingeschaltet. Jedes Jahr wird ein Kind ausgelost, das den großen Schalter symbolisch umlegen darf. So feiern alle gemeinsam ein klein wenig Weihnachten, auch jene, die den Abend sonst allein verbringen.", erklärte Susanne und zog Ingeborg in eine kurze Umarmung, ehe sie in der Menschentraube verschwand, die sich mittlerweile im Atrium des Heimes versammelt hatte. Verblüfft stellte Ruprecht fest, dass, neben der Kindergartengruppe, sogar die Presse eingetroffen war.

„Ja, das ist immer ein richtiges Spektakel. Selbst der Bürgermeister beehrt uns.", kommentierte Ingeborg das Geschehen, während Ruprecht den Politiker beobachtete, der neben der Lucia Darstellerin Aufstellung bezogen hatte und mit ihr gemeinsam eine große Lostrommel in die Kamera hielt. Kaum das Rita den Namen des Kindes verkündet hatte, welches den Baum anschalten durfte, war er auch schon wieder mit seiner Entourage verschwunden. Ruprecht wusste nicht, ob er es dreist finden sollte, oder den Mann beglückwünschen wollte. Er entschied sich für letzteres, besonders da gerade etwas an seinem Hosenbein zog. Er warf einen besonders abschätzigen Blick hinab und stellte fest, dass dieses „Etwas" zu dem fröhlich lächelnden Gesicht eines Kindes gehörte.

„Hallo. Ich bin Mia-Rose. Und wer bist du?"

„Ruprecht."

„Bist du neu hier? Ich kenne dich nämlich noch

gar nicht." Ruprecht schnaubte. Hätte sie Gabriel gefragt, ob er hier residieren würde, hätte er die Frage ja verstanden, aber ihn als potentiellen Altersheimbewohner zu denunzieren, grenzte schon sehr stark an Impertinenz. Er setzte zu einer Erwiderung an, als er sich entsann, dass er heute in barmherziger Mission unterwegs war.

„Nein.", erwiderte er daher nur.

„Okay, macht ja nichts. Aber trotzdem bastelst du heute mit mir, ja?", beharrte Mia und umarmte sein Hosenbein, ehe sie auf den Stuhl neben ihm kletterte.

„Und was willst du heute schönes für unseren Baum basteln?", erkundigte sich Ingeborg, die bereits mit einer Schere ausgestattet dasaß.

„Ein Einhorn aus Perlen. Mit ganz viel Glitzer.", rief Mia-Rose sofort begeistert und zeigte mit dem Abstand zwischen ihren Händen, wie beträchtlich der Glitzeranteil sein sollte. Wäre Ruprecht gezwungen worden zu schätzen, hätte er gesagt, der Vorrat auf seinem Tisch sei sehr knapp bemessen für ihr Vorhaben.

„Du machst nachher den Glitzer drauf.", bestimmte Mia-Rose und schob den gesamten Vorrat an Ruprechts Platz. Dabei stieß sie unglücklich gegen eines der Töpfchen, sodass sich der gesamte Inhalt auf Ruprechts Jacke ergoss.

„Oh, wie hübsch.", rief Mia aus und Ruprecht musste feststellen, dass seine Versuche, den Glitzer von seiner Jacke zu wischen, ihn nur noch weiter verteilten. Er schloss die Augen und atmete mehrmals tief ein und wieder aus. Bei Ella sah es stets so einfach aus, wenn sie den Menschen half und wenn Ella sich so etwas freiwillig aussetzte, würde er es auch schaffen.

„Ich bin ein Mann mit äußerst hoher Selbstdisziplin.", wiederholte er, beinahe wie ein Mantra. Als er die Augen wieder öffnete, nickte ihm Susanne aufmunternd zu, während sie eine Runde um alle Tische drehte.

„Sie schaffen das.", raunte sie in sein Ohr, als sie neben ihm stand und klopfte ihm aufmunternd auf die Schultern.

„Ich hatte früher auch einmal ein Einhorn, weißt du?", verriet Ingeborg unterdessen Mia mit verschwörerischer Stimme, während sie Unmengen von rosa und pinken Perlen aus dem Karton zutage förderte.

„Ich will auch ein Einhorn. Aber Mama sagt, dass ich keine Haustiere haben darf.", beschwerte sich Mia und blickte Ruprecht mit traurigen Kulleraugen an. Ruprecht seufzte. Es würde ein sehr langer Vormittag werden.

Doch als er am Nachmittag wieder auf dem Heimweg war, die Jacke weiterhin von einer Ladung Glitzerpartikel ruiniert, musste er zugeben, dass der Tag doch schneller vorübergegangen war, als befürchtet. Zuweilen hatte es ihm sogar ein wenig Spaß bereitet, den Geschichten von Ingeborg zu lauschen und mit Mia die Perlen in Glitzer zu wälzen. Doch das würde er niemals freiwillig zugeben. Denn das würde bedeuten, dass die Menschen doch fähig waren, Gutes zu vollbringen. Er schüttelte sich. Diesen Gedanken konnte er nicht zulassen. Er hatte gesehen, wozu sie fähig waren. Sie ließen sich nur zu leicht zu bösartigen Taten hinreißen. Als er, noch immer in Gedanken über die Schlechtigkeit dieser Welt versunken, die Tür zum Buchenhain aufschloss, traute er seinen Augen kaum. Im Türrahmen zum Wohnzimmer lehnte Ella in nichts als einem schwarzen Spitzennegligee und Highheels mit halsbrecherischen Absätzen, die seine Aufmerksamkeit geschickt auf die halterlosen Strümpfe lenkten.

„Wer bist du, und was hast du mit Ella gemacht?", fragte er leicht atemlos und räusperte sich.

„Frag doch besser, was ich für dich tun kann, Ruprecht.", schnurrte sie und schob das Negligee ein winziges Stück ihren Oberschenkel hinauf.

„Nein. Danke. Hab gerade noch zwei… ganz wichtige Dinge… zu erledigen.", wehrte Ruprecht sie stotternd ab und tastete nach der Klinke der Haustür in seinem Rücken. Er musste ganz dringend hier raus, sonst müsste er seine Aussage über seine ach so große Selbstdisziplin womöglich noch revidieren. Er zwang sich seinen Blick von Ella loszureißen und stürmte die Einfahrt hinab in Richtung des Zirkusgeländes. Die Finsternis in Ella war

eindeutig weiter fortgeschritten, als Gabriel angenommen hatte.

Im Buchenhain lehnte Ella weiterhin im Türrahmen und blickte mit verschränkten Armen Ruprecht hinterher.

„Oh, Ruprecht, sieh nur, was aus dir geworden ist.
Ein Abklatsch deines einstigen Selbst, der glaubt
mich mit einer Wette austricksen zu können. Das
wirst du mir büßen.", grollte sie. Sie griff eine der
Schneekugeln vom Fenstersims und zerschlug die
gläserne Kuppel. Vorsichtig langte sie nach einigen
der Schneeflocken und rieb sie locker auf ihre
Handfläche. Sachte pustete sie gegen den Schnee.
Die einzelnen Körner flogen durch die Tür hinaus
und wirbelten immer stärker durch die Luft, bis
sich ein kleiner Sturm zusammenbraute und sich
dunkle Wolken vor die Wintersonne schoben.

17: Zerreißprobe

Mit leuchtenden Augen betrachtete Mia-Rose die Wiese hinter ihrem Kinderzimmer durch das Fenster über ihrem Bett. Ihre Hände und Nase drückte sie dabei an die Fensterscheibe, um die Berge von Schnee aus nächster Nähe zu sehen, die sich über Nacht über die gesamte Stadt gelegt hatten.

„Das ist aber toll.", rief sie vergnügt und malte sich bereits aus, wie sie gemeinsam mit ihren Freunden aus dem Kindergarten erst den größten Schneemann der Welt bauen würde, nur um anschließend eine riesige Schneeballschlacht zu schlagen.

„Der Kindergarten hat gerade angerufen. Es gibt heute Schneefrei.", unterbrach ihr Au-pair Georgina Mias Tagträume. Doch ehe sie anfangen konnte zu schmollen, zauberte Georgina hinter ihrem Rücken eine kleine Schachtel hervor.

„Aber ich habe dieses Lebkuchenhaus im Vorratsschrank gefunden. Wie wäre es, wenn wir den Vormittag nutzen, um alles zusammenzubauen. Wenn alles getrocknet ist, werden wir es mit einem ganzen Haufen von Süßigkeiten verzieren.", schlug sie vor und schwenkte die Schachtel verheißungsvoll vor Mias Gesicht hin und her.

„Mama hat gesagt, sie macht das mit mir zusammen. Seit zwei Jahren verspricht sie das.", wandte Mia ein.

„Schau mal, Süße. Deine Mama hat heute einen unglaublich wichtigen Termin im Büro. Deshalb hat sie heute keine Zeit, um das Haus mit dir zu bauen."

„Mama hat nie Zeit und immer ist irgendwas unglaublich wichtig. Nur ich nie.", schmollte Mia und warf sich auf ihr Bett zurück, das sie wild mit ihren Fäusten traktierte. Georgina brach es das Herz, ihren Schützling so zu sehen. Diese Unterhaltung führte sie auch nicht zum ersten Mal mit ihr. Vorsichtig setzte sie sich zu Mia aufs Bett und strich ihr sanft durch die Haare.

„Das ist nicht wahr. Deine Mama arbeitet nur so hart, weil sie dich von allen Menschen auf der ganzen Welt am liebsten hat. Deshalb will sie ja auch, dass es dir an nichts fehlt.", versuchte sie ihr erneut zu erklären. Doch Mia schüttelte trotzig den Kopf.

„Aber nicht immer, immer, immer.", bockte sie. Georgina seufzte leise.

„Okay, ich mache dir einen Vorschlag. Ich rufe gleich deine Mama auf der Arbeit an und sage ihr, sie soll nach ihrem Termin früher Feierabend machen. Dann könnt ihr gemeinsam euer Lebkuchenhaus bauen. Und bis es soweit ist, veranstalten wir im Garten eine Schneeballschlacht. Aber glaub ja nicht, dass ich dich vorsätzlich gewinnen lasse.", köderte Georgina ihren Schützling und piekte ihr spielerisch in die Seiten. Wie sie erwartete hatte, schoss Mia mit einem langgezogenen „Ja!" wie ein

Blitz durch ihr Zimmer, zwängte sich in ihre warme Kleidung und stürmte die Treppe zum Garten hinunter. Georgina beeilte sich Mia zu folgen, doch kaum hatte sie auch nur einen Fuß in den Garten gesetzt, landete der erste Schneeball in ihrem Gesicht. Mia quietschte vergnügt auf, als sie die perplexe Miene ihres Au-Pairs sah. Gierig rafften ihre kleinen Hände mehr Schnee zusammen, um weitere Geschütze abzuwerfen. Schon bald wurde die Luft von einem fröhlichen Kinderlachen erhellt, das immer weitere Nachbarskinder anlockte. Sie waren so sehr in ihr Spiel vertieft, dass sie nicht bemerkten, wie sie beobachtet wurden. Halb hinter dem Baum an der Einfahrt verborgen stand Ella mit verschränkten Armen und musterte die beiden kritisch. Sie verzog missbilligend ihre dunkelrot nachgezogenen Mundwinkel, ehe sie ihren Posten verließ und durch die Straße in Richtung der Innenstadt schlenderte. Eigentlich hatte sie mit dem Schneesturm nicht nur das Leben der Noellenberger zum Erliegen bringen, sondern auch einen Stromausfall herbeiführen wollen. Denn ohne ihre geliebte Elektrizität war die Menschheit heutzutage aufgeschmissen. Besonders, wenn sie durch ein Naturereignis an ihre Wohnungen gefesselt waren. Ohne eine Möglichkeit, Serien oder Filme zu streamen, Musik zu hören, oder auch nur heißes Wasser zu erzeugen, würde all dies schon sehr bald für Spannungen sorgen. Ella wusste, in Stresssituationen war es für sie sehr viel einfacher, ihre Ideen in die Köpfe der Menschen zu pflanzen. Und Ideen hatte sie reichlich. Während sie die kleine Ladenpassage am Marktplatz entlangging, blieb sie vor einem der Schaufenster stehen, setzte die Sonnenbrille auf ihre Nasenspitze und betrachtete wohlwollend ihr Spiegelbild mit rot glühenden Augen. Der weibliche Körper war noch etwas ungewohnt, doch mit dem dunklen Gewand und den schwarzen Federn sah sie gut aus, befand die finstere Macht in ihrem Inneren. Als ihr Blick von ihrem Spiegelbild auf die Auslagen glitt, zuckte sie zusammen. Eine Erinnerung blitzte in ihrem Inneren auf und ließ sie Ellas ersten Tag in Noellenberg durchleben: In ihrer Mittagspause hatte sich Ella durch die kleinen Gassen nahe der Arztpraxis treiben lassen, bis eines der Schaufenster ihre Aufmerksamkeit erregte. Neugierig betrachtete sie Gläser und Dosen voller Bonbons, Schokolade und anderer Leckereien, die sich bis zur Decke stapelten. Mit leuchtenden Augen betrat sie das Geschäft und ein unbeschreiblich süßer Geruch schlug ihr entgegen, der sich mit nichts vergleichen ließ, dass sie kannte.

„Hallo, möchten Sie einmal unsere neuste Kreationen versuchen?", bot die Verkäuferin an, als sich Ella staunend umblickte, während sie das Wechselspiel der knallbunten Farben des Bonbonpapiers und der Weingummis betrachtete. Sie reichte ihr ein kleines Tablett und Ella kostete zum ersten

Mal in ihrem Leben Schokolade. Tränen stiegen ihr in die Augen.

„Ist alles in Ordnung mit Ihnen? Geht es Ihnen gut?", erkundigte sich die Verkäuferin alarmiert.

„Ich hatte ja keine Ahnung wie gut Schokolade schmeckt.", murmelte Ella und nahm sich eine weitere Kostprobe von dem Tablett.

„Wir haben noch weitere Geschmacksrichtungen im Angebot.", verwies die Verkäuferin auf das Regal zu ihrer linken. Überwältigt betrachtete Ella die riesige Vielfalt, die sich über die gesamte Wand erstreckte.

„Darf ich von jeder Sorte etwas mitnehmen? Damit ich herausfinden kann, welche Sorte die beste ist?", fragte sie etwas unsicher, was der Verkäuferin ein kleines Glucksen hervorlockte.

Das Leuten der Türglöckchen ließ die Finsternis aus der Erinnerung aufschrecken. Sie versuchte, das Gesehene aus ihrem Gedächtnis zu verdrängen.

„Ella, kämpfe nicht mit diesen glücklichen Erinnerungen gegen mich, sondern vereinige dich mit mir. Gemeinsam könnten wir so vieles erreichen. Wie einst mit Ruprecht.", riet sie ihrem Spiegelbild, ehe sie die Sonnenbrille wieder ihre Nase hoch schob. Sie rätselte, ob Ruprecht ihre Grußbotschaft schon gesehen hatte, die sie ihm in der vergangenen Nacht gesendet hatte. Sie war es überdrüssig, dass er das Potential seiner dunklen Macht nicht mehr ausnutzte, seit er beschlossen hatte, die dunklen Bruchstücke der abtrünnigen Seelen in ein Stück Kohle zu sperren und sie anschließend zu verbrennen, um sie vom Pfad der Finsternis abzubringen. Doch ihre Grußbotschaft war nur ein kleiner Vorgeschmack auf das, was ihn erwartete, wenn er sich ihr nicht wieder in vollen Zügen hingab. Von einer inneren Neugierde getrieben, lenkte sie ihre Schritte in Richtung des Pfades, der zum Gelände des Cirque führte. Sie grinste breit, denn vor den Toren stand Ruprecht mit diesem Mann, der sich Magier schimpfte und betrachtete ihren Gruß. Als hätte er ihre Ankunft bemerkt drehte er sich zu ihr um und blickte sie voller Abscheu an. Grinsend verbeugte sie sich tief, ehe sie ihren Weg fortsetzte. Ihre Botschaft war unmissverständlich. Ruprecht wandte sich wieder dem Tor zu. Eine Reihe lebloser Körper hing schlaff von den Traversen hinter dem aufgemalten Tor hinab, gehalten nur durch einen Strick am Hals. In ihre Oberkörper hatte die Finsternis in Ella je einen Buchstaben eingeritzt.

„Nutze deine Macht.", setzte John D'Arque die Buchstaben zusammen und widerstand dem Drang, sein Frühstück wieder hoch zu würgen. Er blickte hinüber zu Ruprecht, der eines der Notizbücher seines Chefs umklammerte und dessen Gesicht eine grünliche Färbung angenommen hatte.

„Ach du meine Güte.", keuchte eine Stimme hinter ihnen. Ruprecht wirbelte herum und erblickte Gabriel, der hinkend auf die grausame Szene vor ihnen zuhielt. Er murmelte einige Worte zu John, der sich ohne einen weiteren Kommentar entfernte. „War sie das?", fragte er Ruprecht. Der nickte nur, denn er traute seiner Stimme momentan noch nicht.

„Dann bleibt uns noch weniger Zeit, als ich angenommen hatte.", murmelte er und betrachtete fassungslos die Toten vor seinem Tor.

„Kennst du sie?", fragte Gabriel und deutete in Richtung des Tores. Wieder nickte Ruprecht. Unter ihnen hatte er eindeutig den Autoren Uwe Kurtz und die Nageldesignerin Mandy Weber erkannt. Lediglich den Buchhändler hatte die Finsternis verschont und er zermarterte sich das Hirn darüber, was sie mit ihm noch vorhaben könnte.

„Wie war die Reise?", brachte Ruprecht schließlich hervor, um sich von dem Anblick abzulenken.

„Aufschlussreich. Aber sieh selbst.", antwortete Gabriel knapp und zückte aus seiner Tasche eine kleine Kristallkugel, die einst Esmeralda gehört hatte. In ihr wirbelten zahlreiche Bilder. Ruprecht nahm die Kugel entgegen und ließ sich von dem Strom der Bilder mitreißen. Plötzlich glaubte er sich auf einer Wiese wiederzufinden. Zu seinen Füßen klaffte ein modriges Loch, in dem einst ein See gelegen hatte. Das Gras unter ihm war verdorrt und die Bäume, die den Horizont säumten, streckten ihre verkohlten Äste traurig in den grauen Dunst, der über allem waberte. Gewaltsam riss Ruprecht sich von den Bildern los.

„So sieht es momentan zuhause aus. Es ist wie damals, als wir zum ersten Mal hier auf die Finsternis trafen.", bestätigte Gabriel seinen Verdacht.

„Nein.", stöhnte Ruprecht, denn er ahnte, was Gabriel gleich sagen würde.

„Ich denke, die Lösung von damals war zwar nicht perfekt, aber aufgrund der knappen Zeit, die beste Möglichkeit, die wir haben."

„Oh, nein. Ohne mich. Ich kann nicht.", widersprach Ruprecht.

„Ich weiß. Aber es gibt andere, die deinen Platz einnehmen können. Jene, in denen unsere Blutlinie fließt. John wäre sicherlich bereit.", entgegnete Gabriel. Ruprecht schnaubte.

„Weil er ja eine ach so gute Bindung zu Ella hat. Nein. Es muss einen anderen Weg geben."

„Und welchen?", fragte Gabriel.

„Lassen wir sie schlafen. Dann können wir über eine alternative Lösung nachdenken.", schlug Ruprecht vor und holte aus seiner Tasche ein kleines Stück Kohle, als die Lichter am Zirkuszelt zu flackern begannen.

„Auf deine Verantwortung." Ruprecht zuckte mit den Schultern.

„Hat früher auch schon mal geklappt.", entgegnete er dem Ältesten. Gemeinsam machten sie sich auf den Weg in die Richtung, in die Ella verschwunden war. Sie fanden sie vor den Mauern des Umspannwerkes, leicht gestützt auf eine Spitzhacke.

„Ich lasse dem Krieger den Vortritt", wisperte Gabriel.

„Warte nur nicht zu lange mit der Ablenkung.", forderte Ruprecht. Mit einem lautlosen Schritt war er bei Ella und sprang von hinten an ihren Rücken. Er presste sie gegen die Wand. Sie bäumte sich unter ihm auf und versuchte ihn zur Seite zu drängen. Er umklammerte ihren Rumpf und drehte sie zu Gabriel. Der Älteste wich geschickt ihren Fingernägeln aus, die wild in seine Richtung schlugen. Er fixierte ihren Kopf mit seinen Händen und presste seine Fingerkuppen gegen ihre Schläfen. Sie ruderte wild mit Armen und Beinen, um ihre Widersacher von ihrem Plan abzubringen. Doch plötzlich barst eine Krähe aus dem umliegenden Bäumen hervor und landete leichtfüßig vor Ella.

„Diabhal.", flüsterte sie leise, während sich die Züge der Krähe veränderten und immer menschlicher wurden, bis eine junge Frau mit pechschwarzen Haaren vor ihr stand.

„Hallo Ella.", murmelte sie schüchtern und errötete leicht. Dieser Augenblick der Ablenkung genügte Ruprecht. Er drückte das kleine Stück Kohle gegen ihre Brust und ließ seine Fingerkuppen aufglühen. Ella stieß einen markerschütternden Schrei aus, als sie begriff, was mit ihr passierte. Langsam wurden ihre Bewegungen fahrig. Sie atmete heftig. Ihre Arme wurden mit jedem Schlag auf Gabriels Rücken schwerer, bis sie ihr nicht mehr gehorchten. Leblos sank sie in Ruprechts Armen zusammen.

Schweigend trugen sie Ellas schlafenden Körper in das Häuschen im Buchenhain und legten sie behutsam auf das Sofa neben dem Kamin. Gabriel fuhr über ihre glühende Stirn und tastete erneut nach ihren Schläfen, während Diabhal sie sanft zudeckte. Mit geschlossenen Augen ließ er die Bilder auf sich einströmen, die ihm Ellas Unterbewusstsein zeigte.

„Oh nein.", murmelte er. Zwei Augenpaare blickten ihn fragend an.

„Ella kämpft gegen die Finsternis in ihrem Körper an."

„Aber das ist doch gut. Somit verschafft sie uns mehr Zeit, um nach einer Lösung zu suchen."

„Ganz im Gegenteil, Ruprecht. Dieser Kampf ist äußerst kräftezehrend und richtet sich schließlich auch gegen sie selbst."

„Es zerstört sie von innen heraus?", kombinierte Diabhal. Gabriel nickte nur.

„Wie viel Zeit bleibt uns?", fragte er den Ältesten.

„Zwei Tage." Ruprecht stöhnte.

„Haben wir Zeit, über einen besseren Plan nachzudenken?", fragte er.

„Ich fürchte nicht. Deshalb lass uns keine Zeit verlieren, um alles in die Wege zu leiten.", meinte Gabriel.

„Nicht wir, Gabriel. Ich muss es tun. Es ist schließlich auch meine Schuld, dass die Finsternis Ella infizieren konnte. Bleib du mitsamt Diabhal bei

Ella und pass auf sie auf. Ich kümmere mich darum, dass wir eine zweite Version von mir erschaffen können. Ich habe auch schon eine Idee, wer das sein könnte.", widersprach Ruprecht.

„Wieso ist es deine Schuld?", fragte Gabriel verwirrt. Ruprecht zog das Notizbuch aus seiner Tasche, das er gestern in Gabriels Wagen durchgeblättert hatte, um nach einer Lösung zu suchen. Er schlug es auf und tippte auf einen der Namen.

„Ich wusste es damals nicht. Aber im vergangenen Jahr habe ich einen deiner besonderen Schützlinge getroffen. Ihr Name war Ulrike Kollmann. Ich habe sie für ihre Taten zur Rechenschaft gezogen. Auf meine Weise. Allerdings habe ich erst zu spät bemerkt, dass sie von der Finsternis bereits zu sehr besessen war. Sie hat es nicht überstanden. Es tut mir Leid, Gabriel."

„Und da sie von unserer Blutlinie abstammt, kam mit ihrem Tod ein kleiner Teil der Finsternis nach Hause.", schloss Gabriel. Ruprecht nickte.

„Du siehst, es war meine Schuld. Daher muss ich es auch wieder richtigstellen."

„Dann geh. Ich bleibe hier.", forderte Gabriel ihn auf. Er beobachtete vom Fenster aus, wie Ruprecht langsam über die vereiste Einfahrt in Richtung der Innenstadt lief. Er blickte ihm nach, bis er Ruprecht nicht mehr sehen konnte. Dann kehrte er an Ellas Seite zurück und kontrollierte regelmäßig ihren Puls. Beruhigt registrierte er das gleichmäßige, wenn auch etwas schwache Pochen in ihrem

Handgelenk. Behutsam tupfte er ihr mit einem feuchten Tuch über die glühende Stirn und summte ein uraltes Lied, das er einst in ihrer Heimat gelernt hatte.

„Ich hole dir nur kurz eine Kanne Tee und etwas Zwieback.", teilte er der schlafenden Ella mit, falls sie seine Stimme in ihrem Unterbewusstsein wahrnehmen konnte. Er lief eilig in die Küche und zog die Schubladen auf, um nach einem Löffel zu suchen, als ihm eine kleine silberne Münze ins Auge fiel.

„Oh Ella, wie kommst du nur an Ruprechts Engelsmünze?", murmelte er.

18: Toxin

Ein Jahr zuvor:

Die Nacht war längst über Noellenberg herabgesunken. Die Dunkelheit am alten Bahnhoftunnel wurde einzig vom Flackern einer alten Laterne durchbrochen. Sie erhellte schwach die eingeschlagenen Schaufenster ehemaliger Geschäfte mit ihren besprühten Fassaden.

Die Wirtin der Dorfschänke hatte gerade den letzten Gast in ein Taxi gesetzt, als ein Geräusch die Stille der Nacht durchbrach. Ulli spähte in die Dunkelheit, um die Quelle des Geräusches ausfindig zu machen. Am anderen Ende des Bahnhofstunnels konnte sie schließlich eine Bewegung ausmachen. Sie kniff die Augen zusammen. Das Geräusch wurde langsam lauter und bald trat eine Gestalt in den Schein der einsamen Straßenlaterne. Sie ging gebeugt, gestützt von einem alten Holzstock, dessen Metallspitze laut auf dem Beton aufschlug. Die langen Haare hingen in Strähnen hinab, ein wirrer Bart verdeckte die Hälfte des wettergegerbten Gesichtes und reichte bis in den Kragen eines fleckigen Mantels.

Mitten auf dem verlassenen Platz blieb der Mann stehen und blickte sich um. Der Golden Retriever, der den Mann begleitet hatte, trottete schwanzwedelnd auf die Wirtin zu. Sie betrachtete kurz den

Hund, ehe ihr Blick wieder zurück zu dem Fremden glitt. Sie hob den Arm und winkte den Mann zu sich heran.

„Sind Sie die Ulli? Gerda sagte mir, bei Ihnen bekäme man immer eine Kleinigkeit zu essen.", fragte der Fremde in ihre Richtung und lupfte seinen löchrigen Hut. Er klang, als hätte er seine Stimme seit Tagen nicht benutzt.

„Ja, natürlich. Immer hinein mit Ihnen."

„Was ist mit meiner Emma? Ich möchte sie nicht alleine hier in der Kälte zurücklassen." Die Wirtin bedeutete ihm mit einem Kopfnicken, dass die Hündin in der Dorfschänke ebenfalls willkommen war und geleitete beide hinein. Der Schankraum wirkte, als sei dort die Zeit stehen geblieben. Düsteres Holz dominierte die Einrichtung, an den Wänden nur von zahllosen Zeitungsartikeln und Fotografien durchbrochen. Prominente Gäste lächelten von dort aus neben der jüngeren Version der Wirtin um die Wette.

„Setzen Sie sich.", bat Ulli und verschwand kurz in dem Hinterzimmer neben der Theke. Emma nahm am Fuß der gepolsterten Eckbank Platz und wartete, bis sich ihr Herrchen ebenfalls gesetzt hatte, um ihren Kopf auf seinen Füßen abzulegen. Kurz darauf kehrte die Wirtin zurück und sah, wie sein Gast unbehaglich an dem weißen Spitzendeckchen auf der Mitte des Tisches nestelte. Ulli gesellte sich zu dem Vagabunden auf die Eckbank und stellte ein Herrengedeck mit der billigsten Sorte Korn vor ihrem Gast ab. „Und was verschlägt Sie in so ein beschauliches Örtchen wie Noellenberg? Jemanden wie Sie erwartet man in einer Großstadt anzutreffen, aber nicht in einem etwas verschlafenen Dorf wie hier.", hakte die Wirtin nach. Ihr Gast starrte eine Weile auf die Kunstblume, die in einer Keramikvase auf dem Spitzendeckchen thronte, ehe er stockend zu erzählen begann.

„Ich bin nur auf der Durchreise. Vor einigen Tagen ist mein Vater gestorben. Lungenkrebs. Ich möchte mich von ihm verabschieden.", setzte er an. Emma winselte leise, als sie bemerkte, wie ihr Herrchen mehrmals schluckte und stupste sanft mit ihrer Schnauze gegen seine Hand. Er strich ihr abwesend durch ihr Fell.

„Zur Beerdigung werde ich es nicht schaffen, die ist schon morgen früh. Ich verdiene mir nebenbei etwas durch den Verkauf von Straßenmagazinen. Aber es reichte nicht, um so kurzfristig eine Zugfahrkarte nach Berlin zu kaufen. Deshalb gehe ich zu Fuß. So kann ich dann zumindest sein Grab besuchen und mich dort verabschieden.", murmelte er stockend, aber noch laut genug, dass Ulli ihn verstehen konnte.

„Haben Sie denn keine Familie mehr? Jemanden, der Ihnen das Geld hätte zusenden können?"

„Es gibt noch Sabine, meine Schwester. Aber sie spricht nicht mehr mit mir. Nicht seit damals. Das sei unter ihrer Würde."

„Was ist denn geschehen?", erkundigte sich Ulli.

„Die klassische Geschichte. Ich hätte damals auch niemals geglaubt, dass mir das passieren könnte und habe jene ausgelacht, die sagten, Obdachlosigkeit könne jeden treffen. Ich war ein recht erfolgreicher Geschäftsmann, hatte Frau, Haus und einen schicken Wagen. Doch dann machte sich mein Geschäftspartner mit dem gesamten Geld über Nacht aus dem Staub. Was dann kam können Sie sich sicherlich schon denken. Die Firma ging Konkurs, das Haus konnte ich nicht mehr halten und mitsamt der Immobilie verlor ich auch meine Frau Anita. Den Wagen hat sie behalten. Ihre letzten Worte an mich werde ich nie vergessen. Anita saß im Wagen, kurbelte das Fenster herunter und rief mir quer über die Einfahrt zu: ‚Zum Glück läuft der Wagen auf mich. Sonst müsste ich jetzt den Bus zum Scheidungsanwalt nehmen.‘ Dann brauste sie davon. Ich habe sie nur ein einziges Mal wieder gesehen. Zum Scheidungstermin vor Gericht. Das hat mir wirklich den Rest meiner Würde geraubt. Der Alkohol wurde langsam zu meinem besten Freund. Billig musste er sein, doch mit ihm konnte ich die alltäglich gewordene Schmach und die Scham ertragen. Erst als mir meine liebe Emma zugelaufen ist und einfach nicht mehr von meiner Seite weichen wollte, habe ich die Kraft gefunden, mich der Alkoholsucht zu stellen. Um ihretwillen.“ Ulli hörte zu, ohne auch nur einmal die Miene zu verziehen.

„Ich werde mal nach dem Essen sehen.", war alles, was sie ihrem Gast entgegnete und verschwand erneut kurz im Hinterzimmer. Sie kehrte mit einem Teller zurück, der beladen war mit Fischstäbchen und einer Kelle Kartoffelsalat.

„Hier, das wird Ihnen schmecken. Ein Rezept meiner Schwiegermutter." Ulli stellte den Teller vor ihrem Gast ab.

„Sie haben ja ihr Getränk noch gar nicht angerührt.", stellte sie entrüstet fest und rückte die Gläser näher in Richtung seines Gastes.

„Oh, nein. Ich trinke nicht mehr. Der Absturz damals war mir eine Lehre.", entgegnete der Vagabund, pellte die Fischstäbchen aus der Panade heraus und stellte den Teller auf den Fußboden.

„Was machen Sie denn da?", kreischte Ulli aufgebracht.

„Das Essen ist doch für meine Emma. Sie ist eine Freundin, meine Seelenverwandte, mein Ein und Alles. Sie gibt mir Kraft, alles durchzustehen. Das ich kaum Geld habe, ist doch nicht ihre Schuld. Deshalb soll sie auch nicht leiden oder hungern.", erklärte er der Wirtin, während er Emma kraulte und ihr ein Zeichen gab, dass die Portion Fischstäbchen für sie sei. Emma bellte einmal auf und machte sich schwanzwedelnd über den Fisch her.

„Nein, das war für Sie, nicht für Ihren Köter. Das war so nicht geplant. Sie machen alles kaputt." Der Vagabund hob beschwichtigend die Hände.

„Okay, okay. Ich verstehe ja, dass Sie sauer sind. Sie haben sich viel Mühe gegeben, mir etwas zu servieren. Aber ich bitte Sie auch zu verstehen, dass mir Emmas Wohlergehen wichtiger ist, als ein knurrender Magen. Wenn es Ihnen recht ist, zahle ich auch etwas für das Essen.", bot er der Wirtin an. Plötzlich winselte Emma laut und blickte ängstlich zu ihrem Herrchen.

„Was hast du denn, meine Süße?", fragte der Vagabund. Er sprang von der Sitzbank auf und kniete sich neben die Hündin. Sie bewegte sich zitternd auf ihn zu, ehe sie kraftlos zur Seite kippte.

„Hey, hey, hey.", versuchte der Vagabund sie zu trösten und strich ihr unentwegt über den krampfenden Körper.

„Was zur Hölle passiert hier?", schrie er und blickte zur Wirtin.

„Wie gesagt, es war für Sie bestimmt. Doch jetzt muss ich zu Plan B greifen."

Das letzte was der Vagabund in seinem Leben sah, war der hasserfüllte Ausdruck in den Augen von Ulrike Kollmann, als sie eine Waffe aus ihrer Schürzentasche zog und zwischen seine Augen zielte.

Am darauffolgenden Abend zog eine düstere Gestalt, von den Menschen unbemerkt, durch die Straßen von Noellenberg und hielt zielstrebig auf die Trauerweide am Friedhof zu. Er ließ sich gegen den alten Baumstamm sinken und schloss die Augen, als er ein klägliches Miauen hörte. Irritiert öffnete er ein Auge wieder und blickte sich nach der Quelle des Geräusches um. Versteckt unter dem Blätterdach einer dichten Hecke blickten ihn zwei leuchtende grüne Punkte an.

„Hallo, du.", grüßte Ruprecht, was mit einem weiteren kläglichen Mauzen quittiert wurde. Ruprecht seufzte und kroch langsam näher zur Hecke, während er lockende Geräusche von sich gab. Langsam schob sich ein junges Kätzchen aus ihrem Versteck unter der Hecke hervor und schnupperte neugierig an Ruprechts Finger. Enttäuscht stellte sie fest, dass sie dort nichts zu essen vorfand, was sie lautstark quittierte. Ruprecht strich der Katze sanft über das Fell.

„Du bist aber eine Hübsche. Wie kommst du denn hierher? Hast du vielleicht Hunger?", fragte er sie, ohne eine Antwort zu erwarten. Das Kätzchen begann, leise unter seiner Hand zu schnurren.

„Na komm, wir holen dir einen Leckerbissen.", redete er weiter auf das Tier ein, während er sie hochhob und sorgsam in seinen Armen barg. Er stand langsam auf, um das Kätzchen in seinen Armen nicht zu verschrecken und steuerte auf den kleinen Supermarkt am Stadtrand zu. Er verbarg die kleine Katze in der großen Tasche seines Kapuzenpullis, ehe er den Verkaufsraum betrat und eilig auf das Regal mit Tierbedarf zuhielt. Scheinbar hatte er eine denkbar ungünstige Zeit zum Einkaufen gewählt, da sich vor der Kasse bereits eine lange Schlange gebildet hatte. Ungeduldig reihte er sich ein und betrachtete beim Warten die Auslagen im Zeitungsregal. Die Schlagzeile des Kuriers erregte seine Aufmerksamkeit und er griff nach dem letzten Exemplar.

„Serienmörderin endlich gefasst! Aufatmen in Noellenberg!", las er leise und studierte mit zusammengezogenen Augenbrauen den Artikel, während die Katze zu seinen Füßen an einem abgelegenen Winkel des Parkplatzes vor dem Supermarkt genüsslich ihr Futter verschlang.

„Das schmeckt dir, nicht wahr.", gurrte Ruprecht und zum Dank strich die Katze an seinem Bein entlang.

„Mehr habe ich nicht.", sagte er achselzuckend und beugte sich zu ihr hinab, um sie unter ihrem Kinn zu kraulen. Sie sprang auf seinen Arm und schnurrte ihn an.

„Heißt das, du willst bei mir bleiben?", fragte er unsicher. Wie zu Bestätigung fuhr sie ihre spitzen Krallen aus und schlug sie in seinen Unterarm.

„Das werte ich als eine Zustimmung.", zischte Ruprecht mit erstickter Stimme.

„Dann brauchst du aber auch einen Namen, meine Süße. Was hältst du von Morgana, nach der mächtigsten Hexe, die ich je kennenlernen durfte?" Das Kätzchen schnurrte unaufhörlich in seinem Arm.

„Na gut, dann sei es so. Aber jetzt müssen wir noch kurz etwas erledigen, Morgana. Wir müssen nämlich noch einen ganz bösen Menschen bestrafen.", erklärte Ruprecht seiner Katze, als sei sie ein Kleinkind, während er in Richtung des Polizeipräsidiums spazierte.

Dort angekommen meldete er sich beim diensthabenden Wachmann an und klappte seine Brieftasche in einer solchen Geschwindigkeit auf und wieder zu, dass der Beamte keine Chance hatte zu erkennen, dass es sich bei seinem Ausweis um eine gut gemachte Fälschung handelte.

„Mein Name ist Knecht, ich bin der Anwalt von Frau Kollmann.", stellte er sich vor.

„Na schön, dann gehen Sie schon mal durch den Detektor, ich rufe jemanden, der Sie begleitet.", entgegnete der Polizist, als aus der gegenüberliegenden Tür ein großgewachsener Beamte in Anzug und Krawatte trat.

„Nein, Mama. Ich kann dir nichts über die laufenden Ermittlungen erzählen."

„Johann Herrmanns. Ich habe dir eine extra große Portion Zimtschnecken vorbeigebracht. Die magst du doch so gerne. Und trotzdem willst du mir nicht auch nur ein Sterbenswörtchen berichten von dem, was sich da gestern in der Dorfschänke zugetragen hat?", versicherte sich die alte Dame neben ihm.

„Das darf ich nicht, Mama. Das weißt du doch.", erwiderte der Oberinspektor und geleitete seine

Mutter zur Tür, an der Ruprecht wartete. Er bedeutete Ruprecht, ihm zum winzigen Besucherraum zu folgen und dort Platz zu nehmen. Während sich Ruprecht auf den unbequemen Plastikstuhl quetschte, ging die Tür erneut auf und zwei Uniformierte geleiteten Ulrike Kollmann herein und drückten sie auf den Stuhl neben Ruprecht.

„Die Sachlage ist recht eindeutig, Frau Kollmann.", begann Johann Herrmanns das Verhör.

„Ich bestreite doch auch gar nicht, etwas Gutes für die Stadt getan zu haben. Deshalb brauche ich auch keinen Anwalt. Ich stehe zu meiner guten Tat.", entgegnete die Wirtin innbrünstig.

„Was meinen Sie damit?", erkundigte sich der Inspektor.

„Das liegt doch auf der Hand. Ich bin die moderne Reinkarnation von Jack The Ripper, nur sehr viel heroischer, natürlich. Ich bin schließlich kein Monster. Ich bin eine Heldin! Ich habe das Ungeziefer der Straßen beseitigt. Jene, die unser schönes, beschauliches Noellenberg zu einem Schandfleck werden lassen.", berichtete sie mit wirrem Blick. Sie riss an den Handschellen und schnellte aus ihrem Stuhl hoch, der mit einem lauten Scheppern auf den Betonboden kippte.

„Es wird Zeit, dass die Welt das auch anerkennt!", schrie sie und hob die Hände wie zu einer Siegespose in die Höhe.

„Diese Stadt geht seit Jahren den Bach runter und niemand tut etwas dagegen! Nur ich habe es erkannt und gehandelt! Und nun nennt man mich dafür eine Verbrecherin! Früher, in meiner Jugend, war das hier ein idyllisches und absolut sicheres Fleckchen Erde. Da konnte nachts die Haustür offen stehen, es wäre nichts passiert. Aber heutzutage? Pah, nicht auszudenken!", brach eine neue Triade aus Ulrike heraus.

„Die Funktionsweise eines Türschlosses ist Ihnen aber bekannt? Man kann sie sogar hier vor Ort kaufen.", unterbrach der Inspektor die Wirtin. Ulrike Kollmann beugte sich, soweit es ihr in ihrer Position möglich war, vor.

„Wollen Sie wissen, wie ich es gemacht habe?", hauchte sie.

„Natürlich." Ruprecht ließ sie gewähren.

„Es war Maitotoxin im Essen. Absolut tödlich. Anschließend haben mein Mann und ich diese Schmarotzer zum Bahnhof in Bergstadt gebracht. Da kamen die ja auch alle her. Aber wer macht sich schon die Mühe, einen Obdachlosen zu obduzieren, der mit mehreren leeren Kornflaschen aufgefunden wird? Niemand.", erklärte sie mit einer Sanftheit in der Stimme, die Ruprecht erschaudern ließ.

„Aber dann ging etwas schief.", fasste der Inspektor die Geschehnisse des gestrigen Abends zusammen.

„Leider ja. Mein Werk war noch lange nicht vollendet. Aber dann kam dieser Kerl. Der gab seinem Köter den vergifteten Fisch. Bei der Dosierung ist der Kläffer sofort hops gegangen. In dem Moment dachte ich, der Typ will mich umbringen. Es war also reine Notwehr, dass ich ihn erschossen habe. Und Güte, ihn von diesem elendigen Dasein befreit zu haben."

„Notwehr und Güte, soso.", murmelte Ruprecht und schluckte die Galle wieder herunter, die sich in seinem Mund sammelte. Er hatte genug von diesem Wahnsinn gehört. Der Inspektor nickte den Polizisten zu, die sie aus dem Besucherraum zurück in ihre Zelle eskortierten. Ruprecht lauschte noch den wiederkehrenden Ausrufen über Gerechtigkeit und Wahrheit, gepaart mit der Aufforderung, endlich aufzuwachen, bis die Stimme von Ulrike nicht mehr zu hören war. Er verzog abschätzig die Mundwinkel. Rasch verabschiedete er sich vom Inspektor und unternahm einen kleinen Spaziergang um die Wache herum. Er ließ sich gegen die Mauer aus Stein sinken und streifte seine Handschuhe ab. Seine glühenden Fingerkuppen glitten über den rauen Stein, der Ulrike Kollmanns Zelle nach außen hin umgab, in der anderen Hand hielt er ein Stück Kohle. Als die ersten Schmerzensschreie der Wirtin an sein Ohr drangen, schloss Ruprecht die Augen. Da er keinen direkten Körperkontakt aufbauen konnte, war es für die Wirtin nur umso qualvoller, die Finsternis aus ihrem Körper zu zerren und in die Kohle einzusperren. Doch diesmal, so dachte Ruprecht, hatte sie es durchaus verdient.

Während Ruprecht ein Jahr später durch die vereisten Straßen zog, ließ er die Ereignisse dieses Tages Revue passieren. Er war so sehr in seine Gedanken rund um seine Intervention beim Tod der Wirtin vertieft, dass er zusammenzuckte, als das Geräusch quietschender Reifen an sein Ohr drangen. Ein Wagen hielt in einer unmenschlichen Geschwindigkeit auf ihn zu. Hinter dem Steuer erkannte er Elmar Grund, dessen Augen komplett weiß waren und ihn dennoch auf der Stelle festzupinnen schienen. Seine Beine gehorchten ihm nicht mehr.
Er schloss die Augen, um diesem hypnotischen Blick zu entkommen. Es schien zu helfen, denn langsam kehrte wieder etwas Gefühl in seine Glieder zurück, doch es war zu spät. Der Wagen erfasste ihn und schleuderte ihn gegen eine Hauswand. Das letzte, was er hörte, bevor ihn eine süße Dunkelheit umhüllte waren die Worte des Buchhändlers.
„Mit schönen Grüßen meiner Herrin."

19: Pulsschlag

„Aufgrund der aktuellen Wetterlage wird der Bahn-
betrieb am nächsten Bahnhof eingestellt.", nuschelte die Stimme des Schaffners durch die Lautsprecher im Waggon des Fernverkehrszuges. Ein
kollektives Aufstöhnen derer, die ihn verstanden
hatten, ging durch das Abteil. Die anderen erkun-
digten sich bei ihrem Sitznachbar, was vorgefallen
war. Auch Sarah ließ sich unter einem Protestlaut
zurück in ihren Sitz fallen. Nicht nur, dass der Zug
sowieso schon mit ausreichend Verspätung bei ihr
zu Hause losgefahren war, um ihren Anschluss zu
verpassen. Jetzt würde sie heute noch nicht einmal
an ihrem Ziel ankommen. Sie packte ihr Buch und
ihren Laptop zurück in ihre Tasche und zog ihren
Koffer von der Gepäckablage, als der Zug allmäh-
lich langsamer wurde. Durch die beschlagenen
Scheiben versuchte sie ihre Umgebung auszumachen, doch es war bereits zu dunkel, um etwas
erkennen zu können. Erst als der Zug endgültig
zum Halten gekommen war und sie auf den Bahnsteig trat, konnte sie unter einer flackernden
Lampe den Namen des Bahnhofes entziffern.
„Wo zur Hölle liegt Noellenberg?", fragte sie einer
der weiteren Fahrgäste.

„Ich habe nicht die geringste Ahnung." Auch sie hatte noch nie von diesem Ort gehört und zweifelte, dass der Bahnhof für einen Fernverkehrszug ausgelegt war.

Sie ging einige Schritte den Bahnsteig entlang, um die weiteren Fahrgäste aussteigen zu lassen und kramte in ihrer Tasche nach ihrem Handy. Ihre Eltern warteten in Hamburg auf ihre Ankunft und vielleicht konnte einer der beiden sie aus Noellenberg abholen, vorausgesetzt die Navigation kannte diesen Ort überhaupt. Doch schon bald musste sie feststellen, dass Noellenberg entweder in einem Funkloch lag, oder der Sturm die Leitungen beschädigt hatte.

„Hat dieses Kaff überhaupt schon Telefonleitungen?", brummte sie. Verärgert steckte sie ihr Handy zurück in die Tasche und blickte sich um. Eine hohe Schneewehe hatte sich auf dem leeren Vorplatz niedergelassen. Das Wasser des Springbrunnens, der das Zentrum des Platzes zierte, war eingefroren und ragte in bizarren Formen in die Luft. Sarah pustete in ihre kalten Hände, während sie ihre Möglichkeiten durchging. Ein Cafe gab es in ihrer Sichtweite nicht und das Restaurant „Dorfschänke" auf der gegenüberliegenden Straße hatte geschlossen.

Wenn dieses Dorf nicht allzu weit von Hamburg entfernt lag, konnte sie sich möglicherweise eine Taxifahrt bis zu ihren Eltern leisten.

„Entschuldigen Sie, bitte.", bat der Schaffner, der unbemerkt an sie herangetreten war.

„Aufgrund unseres außerplanmäßigen Halts stellt Ihnen die Bahngesellschaft für heute Nacht freundlicherweise als Service ein Hotelzimmer.", informierte er Sarah und reichte ihr einen Hotelgutschein.

„Das Hotel befindet sich circa drei Kilometer entfernt, gehen Sie einfach diese Hauptstraße entlang bis zum großen Marktplatz. Von dort aus ist es ausgeschildert.", beschrieb er, nickte Sarah noch einmal zu und verteilte weitere Gutscheine an die anderen Passagiere.

„Wird es denn morgen weitergehen? Und wann?", hörte sie eine adrette Dame fragen, die sich schon während der gesamten Fahrt bei ihrem Mann über die Bahngesellschaft beklagt hatte.

„Rainer, ich sage dir, wir hätten besser den Flieger nehmen sollen.", begann sie mit einer neuen Triade an ihren Mann, während dieser zwei riesige Koffer hinter sich in Richtung des Taxiparkplatzes herzog. Sarah schnappte sich ihren Koffer und trottete den beiden hinterher, immer noch in der Hoffnung, irgendwo ein Signal für ihr Smartphone zu bekommen.

Als sie den Taxistand erreichte, sah sie noch, wie das letzte Taxi mit Rainer und seiner Gattin vom Hof fuhr.

„Na toll, Sarah. Nur weil du mal wieder getrödelt hast, musst du jetzt laufen.", brummte sie zu sich selbst. Die Aussicht, mehrere Kilometer durch den Schnee zu stapfen, noch dazu mit ihrem Koffer im Schlepptau, behagte ihr nicht, doch sie wollte das Hotel so schnell wie möglich erreichen. Vermutlich konnte sie dort ihre Eltern erreichen und ein Lebenszeichen senden. Sie griff den Koffer und lief in die Richtung, in der das Hotel laut Schaffner liegen sollte. Während sie das, was die Noellenberger scheinbar als Hauptstraße bezeichneten, entlanglief, blickte sie immer wieder in die kleinen Gässchen hinein, die links und rechts von ihrem Weg abzweigten. Die alten Fachwerkhäuschen lagen unter einer Schneeschicht begraben und wirkten mit den hellerleuchteten Fenstern einladend auf Sarah. Sofort malte sie sich aus, wie die Bewohner eng aneinander gekuschelt vor dem brennenden Kamin saßen und selbstgebackene Kekse und Punsch vertilgten. In ihrer Vorstellung dudelte aus einem alten Radio ein Weihnachtsklassiker nach dem anderen. Ein wehmütiges Seufzen entfuhr ihr. Sie hatte keine Ahnung, wie lange es her war, dass sie gemeinsam mit ihrer Familie solch ein besinnliches Weihnachtsfest gefeiert hatte. Sie erinnerte sich noch genau daran, wie gemütlich es früher war. Gemeinsam hatten sie als Familie zusammengesessen und Aschenbrödel im Fernsehen angeschaut, bevor jeder bei der Dekoration des Weihnachtsbaumes geholfen hatte. Während der Duft nach frisch gebackenen Plätzchen, Zimt und Vanille das gesamte Haus erfüllte, wurde voller Anspannung die Ankunft des Christkindes erwartet. Sie und ihre Brüder hatten sich oft stundenlang die Nasen am Fenster plattgedrückt, um nur einen einzigen kurzen Blick auf das Christkind zu erhaschen. Als dann aus einer ganz anderen Ecke des Hauses plötzlich ein hauchzartes Glöckchen erklang, waren sie losgestürmt, doch nie war von dem Christkind auch nur eine Spur zu sehen, abgesehen von dem leeren Plätzchenteller und einem Haufen bunt eingepackter Geschenke. Doch heute bedeutete für sie die Weihnachtszeit vor allem eines. Stress. Angefangen bei dem Geschenkekauf für ihre Nichten und Neffen, der sie und gefühlt alle anderen Bewohner Münchens in die überfüllten Läden spülten. Überquellende Gänge, in denen sich die Menschen aneinander vorbeischoben, quengelnde Kinder und stickige Luft in den Läden verbreiteten für sie alles andere als Weihnachtsatmosphäre. Sie überquerte den Marktplatz mit den zahlreichen verriegelten Hütten eines kleinen Weihnachtsmarktes, um der Beschilderung in Richtung des Kurhotels zu folgen. Durch die kleinen Ritzen zwischen den Holzbalken der Hütten drang der Geruch nach Süßigkeiten, Stollen und Seife an ihre Nase. Genießerisch sog sie die süße Luft ein. Vielleicht, schoss es ihr durch den Kopf, wäre es gar nicht so schlimm, wenn sie morgen noch nicht weiterfahren konnten. Zwar vermisste sie ihre Familie schrecklich, aber ein paar Tage in diesem kleinen, abgeschiedenen Dorf, eingewickelt in eine flauschige Decke mit heißer Schokolade und kitschigen Weihnachtsfilmen im TV würden ihr sicherlich gut tun und bei ihr endlich wieder einmal das Gefühl von den Weihnachtsfesten ihrer Kindheit wecken. Noch völlig in Gedanken versunken bog sie um eine Kurve und starrte auf die Szene, die sich ihr hinter der Abbiegung bot. Ein Mann, der blutüberströmt an einer Hauswand lag, um ihn herum die Splitter von etwas verteilt, das früher vielleicht mal ein Scheinwerfer gewesen war. Von dem Rest des Wagens, der zu dem Scheinwerfer gehörte, fehlte jedoch jede Spur.

„Scheiße.", entfuhr es ihr. Sämtliche Gedanken an ihre Festtage waren wie weggeblasen. Sarah stieß ihren Koffer zur Seite, tippte blind die Nummer des Notrufes auf ihrem Handy und kniete sich neben den Mann.

„Können Sie mich hören?", fragte sie und rüttelte sanft an seiner Schulter. Keine Reaktion. Sie tastete nach seinem Puls und kontrollierte, ob er atmete. Fehlanzeige. Sie überstreckte seinen Hals, schob seine langen Haare zur Seite, verschloss seine Nase mit ihren Fingern und holte tief Luft. Sie presste ihren Mund auf seinen und zwang die Luft in seine Atemwege. Sarah beobachtete seine Brust, doch nichts passierte. Keine Bewegung in seinem Brustkorb war zu sehen. Wieder presste sie Luft in seinen Mund und tastete mit flatternden

Fingern nach seinem Puls. Kein Herzschlag. Zitternd tastete sie mit ihrer Hand über seine Brust, bis sie den Druckpunkt fand. Sie überkreuzte ihre Handballen und presste kräftig in seinen Brustkorb, während sie in Gedanken mitzählte und die Melodie von „Staying Alive" summte. Beatmen. Pumpen. Beatmen. Pumpen. Die Welt um sie herum hörte auf zu existieren. Beatmen. Pumpen. In einem kräftezehrenden Rhythmus wiederholte sie stoisch diese Bewegungen. Hin und wieder flogen ihre Finger zu seinem Puls. Mittlerweile war ihr schwindelig, doch sie gab nicht auf.

„Du stirbst mir hier nicht, Fremder.", knurrte sie und strich sich eine verschwitzte Strähne aus der Stirn. Dann bemerkte sie eine Bewegung. Sie starrte auf sein schwarzes Bandshirt, um sicherzugehen, dass es keine Einbildung war. Dann hörte sie es. Ein rasselndes Einatmen und das Ringen nach Luft. Sein Brustkorb hob und senkte sich schwach. Ihre Finger tasteten noch einmal zu seinem Puls und endlich nahm sie ein leichtes Pochen unter seinem Handgelenk wahr.

„Gott sei Dank.", entfuhr es ihr. Sie strich ihm sanft über die Stirn und versuchte, ihn in die Seitenlage zu bringen, um ihm das Atmen zu erleichtern. Dann öffnete ihr Gegenüber die Augen und blickte sich orientierungslos um. Sarah zuckte zusammen, denn für einen Moment sah es so aus, als würden seine Augen rot glühen. Doch als sie ihn erneut anblickte, sah sie dort nichts weiter als einen normalen Braunton. Sarah schob sich in sein Blickfeld.

„Sie hatten einen Unfall und waren bewusstlos. Hilfe ist unterwegs. Mein Name ist Sarah, ich bleibe so lange bei Ihnen, bis der RTW eintrifft. Machen Sie sich bitte keine Sorgen. Können Sie sprechen? Wie heißen Sie? Kann ich etwas für Sie tun?", sagte sie so ruhig und bedächtig wie es ihr möglich war und hielt währenddessen seine Hand. Mehrfach setzte ihr Gegenüber zum Sprechen an, bis ein paar Worte über seine Lippen kamen.

„Ich weiß es nicht.", stammelte er. Er blickte sie weinerlich an.

„Wer bin ich?"

20: Erinnerung an Heimat

Ruprecht schlug die Augen auf und blickte sich desorientiert um. Irgendein unbekanntes Geräusch hatte ihn geweckt. Auch die kalkweiße Decke und die getünchten Wände kamen ihm nicht bekannt vor. Er drehte leicht den Kopf zur Seite, doch ein stechender Schmerz ließ ihn zusammenfahren. Er stöhnte. Ganz langsam versuchte er den Kopf zur anderen Seite zu drehen. Das ging schon etwas leichter. Ein Monitor kam in sein Sichtfeld, der für die Geräusche verantwortlich war. Zahlreiche Schläuche führten von diesem Kasten in seinen Körper. Er zog an den Schläuchen, um sie aus seinem Körper zu zupfen.

Langsam richtete er sich auf und kämpfte gegen einen Schwindelanfall an. Er atmete mit geschlossenen Augen tief ein und aus, bis das kreiselnde Gefühl in seinem Kopf verschwunden war. Er schlüpfte in seine Schuhe und ging zielstrebig zur Tür. Er schaffte es sogar einige Schritte in den Flur hinein und in Richtung der Kaffeemaschine, die gegenüber seines Zimmers in einem kleinen Separee stand, bis sich eine Krankenschwester vor ihm aufbaute.

„Was wird das denn, wenn es fertig ist?", fragte sie, die Hände in die Hüften gestemmt.

„Ich habe Durst. Ich möchte gerne einen Kaffee trinken, Schwester Gundula.", antwortete er mit Blick auf ihr Namensschild.

„Sie hatten gestern einen sehr schweren Unfall und können keinesfalls schon wieder in der Lage sein, hier herumzulaufen und Kaffee zu trinken.", entgegnete die Krankenschwester ernst und eskortierte ihn mit ausgestrecktem Arm zurück in sein Zimmer. Mit einem sanften Druck manövrierte sie ihn auf sein Bett. Als sie begann an den Schläuchen zu hantieren, vernahm sie ein Wimmern. Sie blickte zu dem Patienten, der ängstlich auf die Schläuche starrte.

„Sind die wirklich notwendig? Ich mag keine Nadeln.", jammerte er. Sie betrachtete vielsagend seine tätowierten Arme, ehe sie antwortete.

„Diesen Nadeln verdanken Sie Ihr Leben. Sie werden sich wohl noch eine Weile mit Ihnen anfreunden müssen. Aber wenn Sie wollen, können Sie wegschauen, wenn ich Sie pikse."

„Darf ich denn danach wenigstens etwas essen?", erkundigte er sich und wie zur Bestätigung knurrte in diesem Augenblick sein Magen.

„Ich denke nicht, dass Sie schon etwas bei sich behalten werden. Aber ich kann Ihnen gerne eine kleine Schale Brühe bringen.", bot die Krankenschwester an.

„Kein Steak?", fragte er und blickte sie so traurig an, dass sie ihm kopfschüttelnd eine Portion Nachtisch versprach, sollte er die Brühe vertragen.

„Unglaublich.", murmelte sie leise beim Verlassen des Zimmers und rief nach der Stationsärztin, damit sie einmal einen Blick auf den Patienten werfen konnte. Als Gundula, beladen mit einem Tablett voller Brühe und einem Becher Wackelpudding, wieder das Zimmer des Patienten betrat, tastete die Ärztin gerade den Bauchraum des Mannes ab. Wo am Vorabend noch eine tiefe Wunde geklafft hatte, waren heute kaum mehr als einige Hautabschürfungen zu erkennen. Die Ärztin zog die Stirn in Falten.

„Ist es ein gutes Zeichen, wenn Sie so dreinschauen?", erkundigte er sich. Gundula gluckste leicht.

„Es ist lediglich faszinierend, wie rasch Sie genesen. Hätte die junge Dame Sie gestern nicht gefunden, wären Sie jetzt eigentlich nicht mehr unter uns. Aber wenn ich mir Sie so ansehe, kann ich es kaum glauben. Körperlich sind Sie beinahe schon wieder hergestellt.", erklärte sie.

„Dann kann ich also gleich gehen?", fragte er hoffnungsvoll.

„Verraten Sie uns doch einmal Ihren Namen und ich schaue, was sich machen lässt.", schaltete sich die Krankenschwester ein und blickte ihn herausfordernd an.

„Ich... Also... Ich habe keine Ahnung.", gestand er schließlich.

„Sie leiden noch unter einer Amnesie. Sie bleiben uns also noch ein wenig erhalten, allerdings verlegen wir Sie nur auf eine andere Station. Heute Abend kommt Ihr Bruder zu Besuch, das wird Ihrem Erinnerungsvermögen sicherlich auf die Sprünge helfen. Zumindest was Ihren Namen angeht, kann ich ein wenig Licht ins Dunkel bringen. Ihrem Ausweis zufolge heißen Sie Ruprecht Knecht.", erklärte die Schwester und reichte ihm das Tablett. Während er die Brühe löffelte, erzählte sie ihm über die Dinge, die sie bis dato über ihren Patienten herausgefunden hatte. Doch dann wurde Sie in ein anderes Zimmer gerufen und eilte hinaus. Als Ruprecht gerade beim Wackelpudding angelangt war, klopfte es an seiner Tür. Angewidert verzog er den Mund und spuckte die geleeartige Substanz zurück in den Plastikbecher, während sich die Tür einen Spalt breit öffnete.

„Störe ich?", fragte eine junge Frau, die ihren Kopf durch die Tür steckte.

„Sie sind offenkundig nicht mein Bruder. Sind wir anderweitig verwandt?", fragte Ruprecht.

„Nein, nicht wirklich. Mein Name ist Sarah. Ich wollte nur nach Ihnen sehen. Ich habe Sie gestern gefunden.", gestand sie und schlüpfte in das Zimmer.

„Dann bin ich Ihnen wohl zu großem Dank verpflichtet. Ohne Sie wäre ich jetzt Vogelfutter. Zumindest hat diese strenge Krankenschwester das behauptet. Aber sehen Sie mich an, ich bin fit wie ein Turnschuh.", entgegnete er und vollführte demonstrativ einige Dehnübungen mit den Armen.

„Können Sie sich mittlerweile an etwas erinnern? An Ihren Namen beispielsweise?" Ruprecht schüttelte den Kopf.

„Man sagte mir, er sei Ruprecht Knecht. Sagen Sie mir, wer bitteschön nennt sein Kind bei diesem Familiennamen freiwillig Ruprecht? Und sie sagten, ich sei verheiratet mit meiner Frau Ella. Aber sie sei nicht zu erreichen gewesen. Ich glaube das aber nicht, denn sehen Sie." Er hob seine Hände und deutete auf seinen Ringfinger.

„Kein Ring."

„Vielleicht wurde er von den Sanitätern abgenommen.", mutmaßte Sarah.

„Dann wäre er unter meinen Sachen, doch da war nur dieses Glitzereinhorn. Aber statt meiner Frau hätten Sie meinen Bruder erreicht. Auch er wurde wohl von unseren Eltern mit einem äußerst tollen Namen bedacht. Er heißt Gabriel. Sie wissen schon, wie dieser Erzengel. Er will wohl gleich vorbeischauen. Ich hoffe, ich erkenne ihn wieder. Es ist schon ziemlich seltsam, so etwas von einem anderen Menschen zu erfahren, wo man es doch eigentlich selbst wissen müsste."

„Das glaube ich Ihnen.", stimmte Sarah mitfühlend zu.

„Was haben Sie denn da?", erkundigte sich Ruprecht neugierig und deutete auf das Glas, das Sarah unaufhörlich in ihren Händen drehte.

„Oh, das wollte ich Ihnen schenken. Es ist ein Erinnerungsglas. Man füllt es mit kleinen Erinnerungsstücken oder Zetteln, auf denen man schöne Ereignisse notiert. Falls Sie sich gar nicht mehr erinnern sollten, können Sie ja ein paar neue Erlebnisse schaffen.", erklärte sie und überreichte ihm das Glas.

„Das ist sehr freundlich von Ihnen. Vielen Dank.", entgegnete Ruprecht und nahm sich sogleich einen Stift und Zettel.

„Sarah kennengelernt.", diktierte er, während er den Zettel beschrieb und ihn in das Glas steckte.

„Oder kennen wir uns vielleicht schon? Ich habe vorhin nach Noellenberg im Handy recherchiert. Das scheint hier eine ziemlich kleine Ortschaft zu sein, wo jeder den anderen kennt. Also, was können Sie mir über mich erzählen?", fragte er und stellte dabei das Glas vorsichtig auf dem Nachtschrank neben dem glitzernden Einhorn aus Perlen ab.

„Oh, leider gar nichts. Ich bin hier nur gestrandet, wegen des Schneesturms."

„Gestrandet. Ja, so komme ich mir auch vor. Als würde ich nicht so recht hierher gehören. Wissen Sie, was ich meine?", sinnierte er.

„Das wird schon wieder. In ein paar Tagen können Sie sich bestimmt wieder erinnern.", versuchte Sarah ihn aufzumuntern.

„Das hoffe ich. Und Ihnen wünsche ich, dass Sie Ihren Heimathafen bald erreichen."

„Heute Abend soll es laut der Bahn weitergehen. Bis dahin habe ich also noch genügend Zeit mir auf dem Weihnachtsmarkt einen Bratapfel zu gönnen.", meinte Sarah.

„Es gibt Bratäpfel? Und mich speisen sie hier mit dieser Pampe ab?", rief Ruprecht empört und deutete auf den Becher Wackelpudding.

„Ich bringe Ihnen gerne eine Portion vorbei, wenn Sie mögen.", bot Sarah an. Ruprecht nickte begeistert.

„Das wäre wirklich zu gütig.", dankte er ihr. Sarah war kaum einige Minuten verschwunden, um den Bratapfel zu kaufen, als es erneut an der Tür klopfte.

„Das ging aber schnell.", meinte Ruprecht. Doch es war nicht Sarah, die durch die Tür kam. Ein älterer Mann in feinen Gewändern, die aussahen, als stammten sie aus einem vergangenen Jahrhundert nahm ungefragt auf dem Besucherstuhl Platz.

„Hallo Ruprecht. Wie geht es dir?", fragte er.

„Gabriel, mein angekündigter Bruder, nehme ich an?"

„Ah, sie sagten etwas von einer Erinnerungslücke. Ich dachte eher an eine Art Filmriss vom Alkohol und nicht an eine Amnesie dieses Ausmaßes.", erwiderte Gabriel blass.

„Tut mir Leid.", entschuldigte sich Ruprecht.

„Okay, woran kannst du dich erinnern?", erkundigte sich Gabriel vorsichtig.

„Schau mal, was ich in meinen Sachen gefunden habe. Ist das nicht putzig?", fragte Ruprecht, nahm das Einhorn vom Nachtschrank und presste es an seine Brust.

„Ich glaube, ich habe es selbst gebastelt und ich vermute, ich bin Pfleger von Beruf."

„Wie kommst du darauf?", erkundigte sich Gabriel belustigt. Die Vorstellung von Ruprecht als Altenpfleger erschien ihm geradezu grotesk. Doch wenn er sich diesen Mann ohne Gedächtnis anschaute, erahnte er, was aus ihm hätte werden können. Während er in seine Gedanken vertieft war, hatte er Ruprechts Antwort auf seine Frage verpasst und nickte stattdessen. Die Amnesie seines Bruders kam zum schlechtesten Zeitpunkt überhaupt.

„Auch wenn ich dir einen Neustart von Herzen gönnen würde, Ruprecht, musst du dich erinnern. Jetzt mehr denn je.", sagte er so eindringlich, dass Ruprecht sich ängstlich unter seiner Decke zusammenkauerte.

„Ich versuche es doch.", winselte er.

„Das hier wird dir auf die Sprünge helfen." Gabriel hielt ihm eine Münze hin. Ruprecht ergriff sie und betrachtete das eingravierte Symbol genauer. Es zeigte zwei Flügel mit gekreuzten Schwertern. Er blickte verdutzt auf seinen Arm, den das gleiche Symbol zierte. Doch ehe er Gabriel darauf ansprechen konnte, überfluteten ihn Bilder, als wäre er in einem Film gefangen. Plötzlich war das Krankenhauszimmer verschwunden und er saß mit barem

Oberkörper unter den ausladenden Ästen einer Weide und betrachtete die glitzernden Reflektionen der Sonne auf der Wasseroberfläche eines Sees. Instinktiv wusste er, dass dieser Ort für ihn eine lange Zeit Heimat bedeutet hatte. Traurig glitt sein Blick auf das Gras unter seinen Füßen, dass von dem sattesten Grün war, das er je gesehen hatte. Er schloss die Lider und lehnte sich an den Stamm der alten Weide, den Frieden und die Ruhe dieses Ortes genießend. Als ein weiterer Schatten auf sein Gesicht fiel, öffnete er verwundert die Augen und erkannte Gabriel, der sich zu ihm gesellte. In sein Gesicht waren tiefe Sorgenfalten eingegraben.

„Was hat der Rat entschieden?", fragte Ruprecht.

„Die Antwort wird dir nicht gefallen.", antwortete Gabriel.

„Das wird aber vermutlich nichts an der Entscheidung des Rates ändern, habe ich Recht? Ich bin hier bloß der Krieger, der alles ausbaden muss.", entgegnete Ruprecht frech grinsend.

„Womit du Recht hast. Der Rat hat beschlossen, dass wir beide zu den Menschen reisen, um uns die Situation vor Ort anzuschauen und gegebenenfalls zu intervenieren. Die Bedrohung durch den Druiden Aonghas und seine Anhänger ist zu groß geworden, als das die Menschen sie ohne unsere Hilfe überstehen könnten.", berichtete Gabriel.

„Wann sollen wir aufbrechen?", fragte Ruprecht betont emotionslos. Gabriel reichte ihm einen Stapel Kleidung und deutete auf den Oberkörper seines Gegenübers, der von einem Narbengeflecht dominiert wurde.

„Sobald du dir etwas passendes angezogen hast. Wir verreisen als Edelmann und Knecht." Zögernd erhob sich Ruprecht.

„Es ist in Ordnung, wenn du unsicher bist. Mit solch einer düsteren Macht hatten wir es hier noch nicht zu tun. Niemand kann garantieren, dass wir beide überleben werden.", setzte Gabriel hinterher.

„Ich habe keine Angst, ich bin ein Krieger. Ich werde mit dem Druiden schon fertig.", erwiderte Ruprecht trotzig, doch die Furcht in seinen Augen sprach eine andere Sprache.

„Ich werde dich beschützen, mein Freund.", flüsterte Gabriel so leise, dass Ruprecht es nicht hören konnte.

„Hier, nimm dies. Damit kommen wir nach Beendigung unseres Auftrages zurückkehren." Gabriel holte aus seinem Mantel zwei identische Münzen und reichte eine davon Ruprecht. Er verstaute die Münze sorgsam in seiner Kutte, während sie beide schweigend zu dem großen Tor schritten.

„Nach dir, Krieger.", sagte Gabriel und gewährte Ruprecht den Vortritt. Ein letztes Mal tief einatmend schritt er entschlossen durch das Tor und fiel. Er wusste nicht, wie lange, doch es kam ihm wie eine Ewigkeit vor. Dann plötzlich schlug er hart auf gefrorenem Boden auf. Langsam rappelte er sich auf.

„Willkommen im Reich der Menschen.", murmelte Gabriel, während sich Ruprecht ehrfurchtsvoll auf einer verlassenen Lichtung umblickte, in dessen Mitte ein blutroter Stein lag.

21: Kohlschwarze Nacht

Der große Saal der Burg war bis in den letzten Winkel gefüllt. Ruprecht und Gabriel hatten sich unter die Gäste des Fürsten gemischt. Während sich Gabriel inmitten der feierwütigen Menschen prächtig zu amüsieren schien und einen Krug nach dem anderen leerte, bevorzugte es Ruprecht das Geschehen etwas abseits des Trubels zu beobachten. Er hatte sich seit ihrer Ankunft im Bankettsaal kaum einen Millimeter von seinem Platz auf einer Empore gegenüber der Tür fortbewegt, die Hand krampfhaft um seinen Krug geschlungen.

„Mundet es Euch nicht, werter Herr?", fragte ihn eine Schankmagd mit einem bemüht freundlichen Lächeln, das ihre Augen jedoch nicht erreichte. Sie deutete auf seinen Krug, den er immer noch nicht angerührt hatte. Er beugte sich zu ihrem Ohr, um etwas über den etwas derben Geschmack des Gebräus zu erwidern, als die Musiker abrupt ihr Spiel unterbrachen. Sofort richtete sich seine Aufmerksamkeit auf die große Flügeltür, die knarzend aufgeschoben wurde. Eine Gruppe Männer in schweren schwarzen Kapuzenumhängen schritt hindurch. Als wären sie von einer unsichtbaren Macht umgeben, wichen die anderen Gäste instinktiv vor ihnen zurück und selbst Ruprecht fröstelte leicht. Die Männer bahnten sich mühelos ihren Weg in die

Mitte des Saals. Der Magd neben ihm entfuhr ein ersticktes Schluchzen. Sie wandte sich ab, doch Ruprecht sah das verräterische Glitzern in ihren Augen und schob sich in ihren Weg.

„Was ist mit Euch?", fragte er. Sie schüttelte kaum wahrnehmbar den Kopf, riss sich los und schlüpfte in einen der Gänge, die hinter einem Wandvorhang verborgen lagen. Unschlüssig schaute Ruprecht zwischen ihr und den Männern hin und her. Die Gruppe hatte unterdessen einen Halbkreis geformt und die Kapuzen abgenommen. Einer der Männer, der sein Gesicht weiterhin unter der Kutte verbarg, trug ein hölzernes Kästchen mit allerhand goldenem Zierrat vor sich her. Er trat vor den Fürsten und öffnete das Kästchen, in dessen Mitte auf rotem Samt ein Stück Kohle gebettet lag. Ruprecht versuchte, Gabriel ausfindig zu machen, doch er schien wie vom Erdboden verschwunden. Ruprecht hatte Aonghas unter der Kutte des Anführers ausfindig gemacht. Sie hatten ihn eine Zeit lang beobachtet und festgestellt, dass er zuweilen keine Erinnerungen an die schlimmen Taten seines Selbst hatte. Ruprecht wollte erfahren, wie es aktuell um den Druiden stand.

„Wir überbringen euch dieses Geschenk als Zeichen, dass Euch die Götter auch in diesem Winter gnädig sein werden. Euer dargebotenes Opfer haben die Götter mit Freuden angenommen und sie gewähren Euch Schutz während der folgenden

Monde." Der Fürst nahm die Kohle entgegen und dankte dem Druiden mit einer tiefen Verbeugung.

„Doch bedenket, solltet ihr im nächsten Jahr kein Opfer darbieten, so wird euch der Zorn der Götter mit aller Heftigkeit überrollen."

Während der Druide zu einer Rede über den Ausmaß des Zornes ansetzte, entschied Ruprecht, dass er genug gehört hatte und verschwand hinter dem Wandvorhang in den engen Gang. Als er um eine Kurve bog, fand er die Schankmagd zusammengekauert auf dem Boden sitzend. Tränen strömten ungehindert über ihr Gesicht, die im Schein einer einzelnen Fackel neben ihr glitzerten. Ruprecht kniete sich langsam vor sie und strich ihr die Tränen aus dem Gesicht.

„Was ist mit Euch?", wiederholte er seine Frage.

„Ihr habt gehört, was der Druide gesagt hat?" Ruprecht bejahte.

„Im nächsten Jahr soll ich das Opfer sein. Er hat mich gezeichnet.", wimmerte sie.

„Wie ist Euer Name?", erkundigte sich Ruprecht.

„Perchta."

„Ihr habt Glück, Perchta. Ich bin nach Noellenberg gekommen, um dies zu verhindern."

„Das könnt Ihr nicht. Seht." Die Schankmagd schob den Ärmel ihres Gewandes nach oben und offenbarte ein eingeritztes Zeichen in Form eines X auf ihrem Handgelenk.

„Die Rune Nauthiz. Damit zeichnet er seine Opfer.", erklärte sie und zog den Ärmel schnell wieder zurück.

„Wer?"

„Der Anführer der Druiden. Sein Name ist Aonghas. Er zeigt nie sein Gesicht. Aber man sagt, er sei unsterblich und in seinen Augen brennt das Feuer der Hölle.", wisperte sie und erschauderte allein beim Klang seines Namens.

„Ihr könntet fliehen.", schlug Ruprecht vor, doch er erntete erneutes Kopfschütteln.

„Er findet mich, ganz gleich, wo ich mich verstecke. Er verfügt über Kräfte, die Ihr Euch nicht ausmalen könnt, werter Herr. Und die Menschen hier haben Angst davor, den Zorn seiner Götter zu entfachen."

„Nennt mich doch einfach Ruprecht. Ich verspreche Euch, unter meinem Schutz wird Euch dieser Druide nichts anhaben können, Perchta.", schwor er und strich ihr sanft über ihr goldenes Haar.

„Und wie will ein Knecht wie Ihr, Ruprecht, das bewerkstelligen?"

„Ich werde ihn herausfordern und besiegen. Doch damit ich dies tun kann, müsst Ihr mir alles über ihn erzählen, was Ihr wisst. Und solange wird euch niemand hier auch nur ein Haar krümmen, Perchta.", versprach Ruprecht und reichte ihr die Hand. Sie ergriff sie und ein warmes Gefühl durchströmte ihn.

„Kommt, wir geben Euch einen Unterschlupf und versorgen Euch mit allem, was Ihr benötigt.", bot Ruprecht an und führte Perchta aus dem Gewirr von Gängen hinaus aus dem Burggelände und zu einem verborgenen Herrenhaus im Wald um Noellenberg. Kraftvoll stieß er die schwere Tür zur Eingangshalle auf. Die gesamte Halle zierte ein Arsenal an Schwertern, Wurfsternen, Äxten, Dolchen und Morgensternen.

„Oh.", entfuhr es Perchta.

„Beeindruckend, nicht wahr?", brüstete sich Ruprecht stolz.

„Und ein wenig beängstigend."

„Fürchtet Ihr Euch?", erkundigte er sich sichtlich verwirrt.

„Nicht, wenn Ihr versprecht, mich auch vor den spitzen Enden und Stacheln zu schützen."

„In Ordnung. Ab sofort droht Euch keinerlei Gefahr mehr seitens meiner kleinen Waffensammlung.", versprach Ruprecht und hob drei Finger vor seine Brust. Von diesem Augenblick an ließ er Perchta keine Sekunde mehr aus den Augen, um ihr zu beweisen, wie ernst ihm die Einhaltung seines Schwurs war. Er begleitete sie auf den Marktplatz, wenn die fahrenden Händler in Noellenberg ihre Waren feilboten und half ihr sogar beim Putzen des Gemüses in der Küche. Während er den Dreck von den Kartoffeln bürstete, erzählte er in den schillerndsten Farben von seiner Heimat.

„Es muss ein wahrhaft paradiesischer Ort sein, so wie du davon berichtest.", seufzte Perchta eines Nachmittages.

„Das ist es.", bestätigte er und legte die Bürste beiseite.

„So, genug für heute. Jetzt werden wir trainieren.", legte er fest und führte Perchta an ihrer Hand auf die Wiese hinter dem Haus. Er hatte es sich zur Angewohnheit gemacht, neben seinem regulären Training am Morgen, Perchta in der Kampfkunst zu unterrichten. Sie hatte auf seinen Vorschlag hin erst laut gelacht, nur um ihn dann verwundert anzublicken, ob seiner Ernsthaftigkeit. Doch mittlerweile fand sie Gefallen an seinen Übungseinheiten, obgleich sie es vorzog Ruprecht zu beobachten. Die samtweichen Bewegungen, die er vollführte, glichen einem Tanz und mehr als einmal glitt ihr Blick auf das Spiel der Muskeln seines durchtrainierten Oberkörpers.

„Jetzt bist du dran. Mach die Bewegungen genau nach, während ich dich angreife.", forderte Ruprecht und umschlang ihre Hüften von hinten. Doch statt seiner Aufforderung nachzukommen, drehte sie sich in seiner Umklammerung herum, grinste keck und hauchte einen Kuss auf seine Lippen. Völlig überrumpelt vergaß Ruprecht alles um sich herum und starrte sie an.

„Was tust du da? Das war so nicht abgesprochen.", stotterte er.

„Ich teste meine Entwaffnungsmethode an dir, mein Knecht Ruprecht.", neckte sie ihn. Er hob eine Augenbraue in die Höhe.

„Diese Methode musst du wohl mir beibringen, ich kenne sie noch nicht.", entgegnete er und drückte seinerseits seine Lippen auf ihre.

„Ist es so richtig?", fragte er und zog sie auf das weiche Gras hinunter. Als Gabriel am Abend Ruprecht neben Perchta im Gras liegend fand, zog er den Krieger ohne ein Wort in eine ruhige Ecke des Gartens. Ruprecht glaubte, seinen Begleiter noch nie so zornig erlebt zu haben.

„Was hast du getan?", grollte er. Ruprecht errötete und starrte auf seine Füße, als gäbe es im gesamten Universum nichts Interessanteres.

„Ich passe auf Perchta auf, damit Aonghas sie nicht für seinen Kult opfert."

„Du vergisst dabei allerdings unsere Mission und stellst deine Gefühle für diesen einen Menschen über das Wohl der gesamten Menschheit."

„Was willst du damit andeuten?", fragte er und warf Gabriel einen herausfordernden Blick zu.

„Du versuchst sie um ihretwillen zu retten und nicht die gesamte Menschheit. Doch es geht hier nicht um sie, es geht um alle."

„Alle Menschen kenne ich nicht. Sie hingegen schon. Und sie verdient es, gerettet zu werden."

„Du solltest sie nur so lange vor Aonghas schützen, bis wir unseren Plan, das Böse aus ihm zu vertreiben, perfektioniert haben und dich nicht dabei in sie verlieben. Beide zu retten wird nicht funktionieren.", schrie Gabriel ihn an. Doch wenn Ruprecht geglaubt hatte, seinen Bruder keinesfalls noch wütender sehen zu können, musste er dies zwei Monate später revidieren.

„Sag mir, dass es nicht wahr ist.", zischte er aus zusammengepressten Zähnen hervor.

„Das kann ich nicht. Denn es ist wahr. Auch wenn es eigentlich nicht möglich ist, oder?", entgegnete Ruprecht leise mit hängenden Schultern.

„Nun ja, scheinbar ist es doch möglich, dass sich unser Blut vermischen kann. Nur wusste es bisher niemand. Es kann daher auch niemand vorhersagen, wem dieses Kind eher gleichen wird. Werden eure Nachkommen eher menschlichen Geblüts oder verfügen sie über unsere Fähigkeiten? So oder so, Ruprecht, sie werden zu keiner der beiden Welten gehören!", tobte Gabriel. Ruprecht blitzte ihn mit geballten Fäusten an.

„Schön. Dann bleibe ich hier und passe auf sie auf. Ich bin ein Krieger, schon vergessen? Es ist meine Berufung, meine Familie zu schützen. Und Perchta mitsamt unserem Kind gehört nun ebenfalls zu meiner Familie.", erwiderte er betont ruhig, machte auf dem Absatz kehrt und stolzierte in sein Schlafgemach, auf dessen Bett Perchta sich ausruhte. Von diesem Tag an sprach Ruprecht nur noch das Nötigste mit Gabriel, der die beiden stets mit versteinerter Miene musterte, wenn er nicht gerade auf Beobachtungsmission in der Nähe der Druiden unterwegs war. Während sich Ruprecht mit aller Sorgfalt um das Wohlergehen seiner Perchta kümmerte, spürte er mit jedem Tag, den die Wintersonnenwende näher rückte, wie sehr sich ihre Stimmung veränderte. Die Sorgen und die Angst erdrückten beinahe jedes andere Gefühl. Nicht nur einmal erwischte Ruprecht sie dabei, wie sie voller Grauen auf ihr Handgelenk starrte, auf dem immer noch die Rune prangte. Von Perchta hatte er erfahren, dass der Druide jedes Jahr zur Wintersonnenwende ein Opferungsritual durchführte, um die Menschen in Noellenberg vor dem Zorn und dem Missgunst der Kreatur zu bewahren, die in seinem Inneren lebte und die er als Gottheit ausgab. Am Vorabend der Wintersonnenwende gingen Gabriel und Ruprecht ihren gemeinsamen Plan ein letztes Mal durch.

„Ich kann sie nicht verlieren, Gabriel.", murmelte Ruprecht und leerte seinen Becher Wein in einem Zug. Ein wohliges Gefühl breitete sich in seinem Magen aus und mit einem Mal wurden ihm seine Lider schwer. Er wünschte Gabriel nuschelnd eine gute Nacht und torkelte in Richtung seines Schlafgemachs, wo er sofort einschlief, als sein Kopf das Kissen berührte. Er schreckte am nächsten Morgen auf, als ein unbekanntes Geräusch in sein Ohr drang. Er versuchte, sich herumzudrehen, doch seine Muskeln gehorchten ihm nicht. Panisch versuchte er, sich mit einem Blick zu vergewissern, dass es Perchta gut ging, während das Geräusch immer lauter wurde und schließlich seine Schlafzimmertür erreichte. Eine ganze Meute Dörfler fiel in seine Gemächer ein, in festliche Roben gekleidet. „Da ist unser Opfer.", schrie eine ältere Frau frenetisch und zeigte auf Perchta.

„Es sind fast zwei Opfer, das wird den Göttern gefallen.", stimmte ein junger Bursche mit fiebrigen Augen mit ein. Ruprecht glaubte, eine eiskalte Hand würde sein Herz zerquetschen, als der Mob mit ihren schmutzverkrusteten Fingern nach seiner Perchta griffen und sie aus dem Bett hoben. Er versuchte zu schreien, um sich zu treten und zu schlagen, doch noch immer gehorchte ihm sein Körper nicht. So konnte er nichts weiter tun, als mit schreckgeweiteten Augen zuzusehen, wie die Dörfler ihm seine Frau und ihr ungeborenes Kind entrissen.

„Nichts für ungut, Freund. Aber wir konnten nicht riskieren, dass uns die Gunst der Götter entrissen wird. Deshalb haben wir euch gestern Abend etwas in euren Wein gegeben. Heute Abend seid Ihr wieder putzmunter.", sagte der Dorfälteste und tätschelte ihm zum Abschied den Arm. Ein Gefühl heiß brodelnder Lava fraß sich durch Ruprechts Eingeweide. Während sein Körper nutzlos an sein Bett gefesselt war, ersann sein Geist die schlimmsten Bilder. Als sich die Sonne langsam hinter den Baumkronen zurückzog, kehrte langsam wieder etwas Gefühl in Ruprechts Körper zurück. Den stechenden Schmerz in seinem Kopf ignorierend bäumte er sich auf und mit einem gellenden Aufschrei packte er sein Lieblingsschwert, bahnte sich seinen Weg hinaus und stürmte zur Lichtung. Doch was er dort sah, brachte die Faust um sein Herz dazu, es endgültig zu zermalmen. Ein Bild des Grauens, das er nie wieder aus seinen Erinnerungen würde vertreiben können. Mit leeren Augen starrte Perchta auf eine Stelle irgendwo hinter ihm. Sie lag auf einem Bett aus Steinen und Kohle gebettet, die Lippen wimmerten unentwegt leise Worte der Hoffnung in den Himmel. Aus einer tiefen Wunde in ihrer Kehle tropfte Blut und färbte den Stein unter ihr dunkelrot, während die Druiden in einen düsteren Singsang verfallen waren.

„Wir bitten dich, Meister, labe dich an dem Blut, um deinen Durst zu stillen.", skandierten sie unaufhörlich. Die Dörfler saßen in einem Kreis um das Geschehen herum und schauten gebannt zu dem Anführer der Druiden. Manche von ihnen fielen in den Singsang mit ein, die Hände flehend in die Richtung des Anführers gerichtet. Dessen Stimme erhob sich über alle anderen, während er einen Kelch mit einer schweren dunkelroten Flüssigkeit an die Lippen hob.

„Ihr Götter, hört mich an. Wir erbitten durch das Blut des Opfers Euren Schutz." Er leerte den Kelch in einem Zug und die Menge jubelte, als er mit ausgebreiteten Armen sie alle in seinen Segen mit einschloss. Ein Druide reichte ihm eine Fackel, während er bedächtig auf Perchta zuschritt.

„Wir übergeben unser Opfer dem Feuer, auf das es sie von ihren irdischen Sünden reinwasche und rufen den Wind, der die Flammen zu den Göttern sendet, auf das sie uns weiterhin beschützen.", sprach er mit salbungsvoller Stimme, ehe er die Fackel fallen ließ. In diesem Augenblick preschte Ruprecht aus dem Unterholz hervor und hieb blindlings auf Aonghas ein. Der Druide ging vor ihm zu Boden, die Augen weit aufgerissen. Überrascht blickte er auf die klaffende Wunde in seinem Bauch. Eine pechschwarze Masse quoll brodelnd aus der Wunde und ergoss sich auf dem Boden, der sofort verdorrte. Ruprecht ließ sein Schwert fallen und rannte zu Perchta. Doch es war zu spät. Langsam formte sich aus der Masse eine Gestalt mit feuerrot glühenden Augen. Ruprecht hob sein Schwert in die Richtung der finsteren Kreatur. Sie stieß ein hohes Lachen aus, das Ruprecht das Blut in den Adern gefrieren ließ.

„Warum willst du kämpfen?", höhnte sie.

„Du hast meine Perchta und unser Kind getötet.", brüllte er der Kreatur entgegen und machte einen Ausfallschritt nach vorn. Spitze Krallen der Finsternis fuhren über seinen Körper und streiften sein Gesicht. Sie hinterließen eine tiefe Wunde, die sich über sein gesamtes Gesicht zog. Ruprecht keuchte vor Schmerzen auf. Er wischte das Blut beiseite und stieß einen knurrenden Laut aus.

„Für Perchta.", murmelte er, ehe er sein Schwert in Richtung der Finsternis schleuderte. Ein Teil der

Kreatur zerbarst in unendlich feine Fäden, die durch die Luft schwirrten und vom Wind fortgetragen wurden. Ruprecht fokussierte seinen Blick auf die Finsternis, die sich brodelnd erneut zu der Kreatur formte und ihre eitrigen Finger nach ihm ausstreckte.

„Das war nicht ich, mein Freund. Es sind die Menschen, die Schuld an ihrem Tod tragen. Sie haben Perchta getötet, in ihrem Wahn ihren Göttern gefällig zu sein und von ihrem Zorn verschont zu werden.", entgegnete die Finsternis ruhig. Ruprecht stockte.

„Ja, mein Freund. Die Anhänger von Aonghas haben die Fackel entzündet, nicht ich.", lullte die Finsternis Ruprecht weiter ein.

„Richte deinen Zorn nicht gegen mich, mein Freund. Richte ihn gegen jene, die am Tod deiner geliebten Frau und deinem ungeborenen Kind die wahre Schuld tragen. Richte ihn gegen die Menschen." Ruprecht senkte das Schwert leicht.

„Bedenke, dass es ein Mensch war, der einst, von Zorn und Hass getrieben, den ersten Mord an seinen Artgenossen begangen hat.", raunte die Kreatur ihm zu. Sie ließ die Asche des Feuers aufwirbeln und presste sie in ihren Klauen zusammen, während sie leise einige fremdartige Worte murmelte. Als die Finsternis ihre Klauen wieder öffnete lag dort anstelle der Asche ein einziges Stück Kohle.

„Sieh, was von deiner Familie übrig geblieben ist. Lass mich dir helfen, ihre Ermordung zu rächen. Mit mir an deiner Seite wirst du über die Macht verfügen, ihren Mord zu sühnen und die Schuldigen zu bestrafen." Sie bot Ruprecht das Stück Kohle an. Sein Schwert fiel klirrend auf den Boden, als er den pechschwarzen Brocken ergriff. Ein scharfer Ruck ging durch seinen Körper, kaum dass seine Fingerspitzen die Kohle berührten und die Kreatur in seinen Körper eindrang.

„Ruprecht!", ertönte eine Stimme quer über die Lichtung. Gabriel kam auf ihn zu gerannt.

„Bin ich zu spät?", fragte er, nach Luft ringend. Ruprecht drehte sich langsam zu seinem Kampfgefährten um. Dieser erbleichte, als er Ruprechts Gesicht sah. Rot glühende Augen blickten abschätzig auf den Ältesten herab, während er sein Schwert aufhob und genüsslich das Blut von der Klinge leckte.

„Oh Ruprecht, was hast du getan?", flüsterte Gabriel zitternd.

22: Melodie des Vergessens

Rote Augen fraßen sich bis in den Grund seiner Seele, durchwühlten sie und zerrten seine dunkelsten Gedanken an die Oberfläche. Gabriel presste die Lippen zu einem schmalen Strich zusammen, doch er wich dem Blick seines Gegenübers nicht aus. Er kannte Ruprecht und er wusste, dass sein Gefährte noch irgendwo in dem Mann steckte, der ihn mit einem Blick auf dem Waldboden festpinnte. Das blutige Schwert an seiner Kehle ritzte leicht in die Haut des Ältesten und ein feines Rinnsal Blut lief seinen Hals hinab. Dann schwand urplötzlich der Druck auf seine Kehle und Ruprecht senkte die Waffe.

„Unschuldig.", murmelte er und wandte sich von Gabriel ab. Einen Moment lang betrachtete er die Szene zu seinen Füßen. Die Asche glomm noch leicht und dünne Rauchschwaden schwelgten träge gen Himmel. Die Menschen, die vor wenigen Augenblicken noch ausgelassen gejubelt hatten, kauerten nun eng aneinander geschmiedet zusammen und wagten kaum zu atmen. Einige pressten sich die Hände vor Mund und Nase, um dem beißenden Gestank zu entkommen, der sie umgab. Mit weit aufgerissenen Augen beobachteten sie jede seiner Bewegungen. Als er in ihre Richtung schritt, duckten sich die Menschen noch enger zusammen und ein Zittern fuhr durch die Menge. Langsam ließ Ruprecht den Blick über die Ansammlung schweifen und fixierte kurz jeden einzelnen von ihnen. Er sah Furcht. Furcht vor ihm. Ein Gefühl von Macht durchströmte ihn und er musste zugeben, es fühlte sich gut an. Es ließ ihn erhaben wirken. Unwillkürlich richtete er sich noch etwas gerader auf und blickte die Menschen abfällig von oben herab an.

„Ihr hingegen seid die Schuldigen. Durch eure Furcht habt ihr euch dem Joch einer finsteren Macht gebeugt, die sich euch als Gottheit ausgegeben hat. Ihr habt unaussprechliche Gräueltaten nicht nur zugelassen, sondern auch begangen und diese Macht dadurch nur weiter genährt. Doch nun beginnt eine neue Zeit. Eine Zeit der Rache. Denn heute Nacht habt ihr jenen Zorn beschworen, vor dem ihr euch so sehr fürchtet." Er sprach ganz leise, doch er wusste, jeder auf der Lichtung hatte ihn vernommen. Als hätten seine Worte einen Bann gebrochen, kam nun Bewegung in die Menschen. Eine Frau, die er als jene erkannte, die in seinem Schlafzimmer frenetisch nach Perchta gegriffen hatte, rutschte auf Knien vor ihn und riss ihre gefalteten Hände demütig in die Höhe.

„Gnade.", flehte sie.

„Habt Ihr dies meiner Perchta zuteilwerden lassen?", erwiderte er kalt.

„Ihr wurde die Gnade zuteil, den Göttern als Opfer zu dienen und uns Schutz zu schenken.", stotterte sie und wiederholte dabei nur die Worte, die ihr seit ihrer eigenen Kindheit von ihren Eltern immer wieder vorgesagt worden waren.

„Eine zweifelhafte Ehre.", zischte Ruprecht.

„Ruprecht. Bedenke, was du tust. Du hast die Möglichkeit, die Fesseln der Angst zu sprengen und den Menschen ein Leben in Freiheit zu schenken.", unterbrach Gabriel das Geschehen und nickte ihm hoffnungsvoll zu. Ruprecht wog seinen Kopf hin und her, als würde er seine Möglichkeiten abschätzen.

„Nein. Sie sollen meine Rache fürchten.", höhnte er und hob die Frau an seinen Knien mit einem Arm mühelos in die Luft. Er schleuderte sie mit voller Wucht auf den Blutstein. Ein lautes Knacken hallte über die totenstille Lichtung und ihre weit aufgerissenen Augen wurden trüb. Ein Ruck ging durch die versammelte Menschentraube und schreiend stoben sie in alle Richtungen davon. Gabriel packte Ruprecht am Arm und hielt ihn davon ab, den Menschen zu folgen.

„Ich kann deine Entscheidung nicht gutheißen. Trotzdem bleibst du mein Krieger und Gefährte und ich werde hier auf dich warten, bis du wieder zur Besinnung gekommen bist. Ganz gleich, wie lange es dauert.", versprach er. Dann ließ er Ruprecht ziehen. Er wusste, dass er ihn in dieser Verfassung nicht aufhalten konnte. Aber er wusste auch, dass Ruprecht eines Tages zurückkehren würde. Als Gabriel sich umwandte, sah er, wie eine Krähe auf ihn zuflog. Sie umkreise ihn mehrmals und krächzte laut. Langsam streckte Gabriel seinen Arm aus. Die Krähe landete auf seiner Hand und schien ihn zu mustern.

„Du möchtest mir etwas zeigen?", fragte Gabriel. Die Krähe krächzte erneut und schlug mit den Flügeln.

„Gut. Ich werde dir folgen." Mit einem Ruck entließ er die Krähe in die Lüfte. Er folgte ihrem Flug bis in die Siedlung der Druiden und in eine der kleinen Hütten. Sowohl die Siedlung als auch die Hütte selbst wirkten, als hätten die Druiden in aller Hast nur das allernötigste zusammengerafft, ehe sie vor Ruprecht geflohen waren. Gabriel betrachtete die zurückgelassenen Güter, als eine Bewegung seine Aufmerksamkeit erregte. Auf dem Strohbett lagen zwei Babys nebeneinander in lumpenhafte Tücher gewickelt. Die Krähe flog an Gabriel vorbei und ließ sich zwischen den schlafenden Babys auf dem Stroh nieder. Wieder krächzte sie.

„Ich verstehe nicht.", murmelte er, obwohl in ihm eine Vorahnung heranwuchs. Wie zur Bestätigung hüpfte die Krähe auf ihn zu und pickte gegen die Tasche seines Mantels. Er langte hinein und beförderte seine Münze hervor, die das Wappen seiner Heimat zierte.

„Hast du mich zu Ruprechts Kindern geführt? Hat Perchta sie noch vor der Zeremonie zur Welt gebracht?", fragte er die Krähe. Sie flatterte mit den Flügeln. Langsam näherte sich Gabriel den Babys und er strich sanft mit dem Zeigefinger über die winzigen Gesichter. Eines der Babys griff im Schlaf nach seinem Finger und hielt ihn mit aller Kraft umklammert.

„Ist ja gut. Onkel Gabriel ist jetzt ja da und wird sich um euch kümmern, bis euer Vater zurückkommt. Aber zuvor muss ich noch kurz etwas erledigen.", raunte er den Neugeborenen zu.

Er durchforstete die zurückgelassenen Vorräte der Druiden nach etwas Salz. Mitsamt des Salztopfes kehrte er zur Lichtung zurück und zog langsam einen gleichmäßigen Kreis aus den weißen Körnern, während er leise Beschwörungen murmelte. Die Krähe hatte sich in einem Baum in der Nähe niedergelassen und beobachtete seine Bewegungen.

„Das Salz bindet meinen Zauber um dieses Gebiet. So wird es vor den Menschen verborgen bleiben. Sie müssen vergessen, welche Gräueltaten sich hier zugetragen haben.", erklärte er der Krähe. Er hatte das Gefühl, als könne sie ihn verstehen. Doch es sollte noch mehrere Jahre dauern, bis er darüber Gewissheit hatte.

„Was schreibst du denn dort, Johannes?", fragte er den Jungen, dessen Feder flink über das Pergament kratzte.

„Es sind Geschichten, die mir Diabhal erzählt, wenn sie mich hier besuchen kommt", antwortete er.

„Und wer ist Diabhal?", erkundigte sich Gabriel.

„So heißt die Krähe.", erklärte Johannes.

„Du kannst mit ihr kommunizieren?"

„Ja, sie ist sehr klug, Onkel. Sie versteht, was ich ihr sage und als Antwort lässt sie mich Bilder sehen, die sie selbst gesehen hat."

„Könntest du sie bitten, ab und an auf ihren Reisen ein Auge auf meinen Bruder zu haben?", fragte er.

„Sicherlich.", entgegnete Johannes.

Die Jahre zogen dahin und immer mehr erkannte Gabriel, dass Johannes über die Gaben seines Blutes verfügte, während sein Bruder Raphael das Menschliche verkörperte. Schweren Herzens entschloss er sich eines Tages, dass Raphael seinen Platz unter den Menschen einnehmen musste, während er gemeinsam mit Johannes in das Kloster zog, um seine Gaben vor jenen zu schützen, die ihm schaden wollten. Denn seit mit Aonghas' Tod war auch der Schutzwall gefallen, den der Druide einst um den Wald und das Dorf gelegt hatte. Somit konnten ihre Feinde mit jedem Tag näher an Noellenberg heranrücken. Als sie eines Abends gemeinsam im Klostergarten saßen, stieß ein Ordensbruder zu ihnen.

„Der Inquisitor lässt ausrichten, dass er bereits Bergstadt erreicht hat. Von dort aus ist es kaum mehr ein Tagesmarsch nach Noellenberg. Er wird bald hier sein, um unser Dorf von den Ketzern zu säubern.", berichtete er aufgeregt und zitterte leicht vor Erregung über die anstehenden Austreibungen. Gabriel und Johannes warfen sich einen Blick zu.

„Ich kümmere mich um Raphael. In einer Stunde bin ich wieder zurück.", versicherte Gabriel, kaum das ihr Ordensbruder zurück in die Küche des Klosters geeilt war, um die frohe Botschaft den anderen Mönchen zu verkünden. Er verschwand durch eine verborgene Tür in der Mauer des Klostergartens und eilte in das Dorf. Es war bereits spät und das Haus, in dem Raphael mit seiner Frau und ihrer Tochter lebte, lag düster am Ende einer Gasse. Leise öffnete er das Schloss, schlich in das Schlafgemach seines Neffen und legte ihm sanft die Hände an die Schläfen. Er blinzelte einige Tränen fort, während er leise eine Melodie summte, die Raphael wie ein unsichtbarer Nebel einhüllte. Langsam sog er ihn auf und mit jedem Atemzug verblassten seine Erinnerungen an Gabriel und Johannes.

„Es tut mir leid, aber du darfst dich nicht mehr an uns erinnern. Das Wissen um unsere Gaben bringt dich in allergrößte Gefahr.", flüsterte er zum Abschied, ehe er dem Dorf den Rücken kehrte. Doch das Kloster sollte er nicht wieder erreichen. Eine aufgekratzte Meute jubelte einem Mann zu, der auf einem Podest Psalmen aus der Bibel zitierte, während sich in seinem Rücken ein Flammenmeer durch das Kloster fraß.

„So lasset euch nicht täuschen. Der Teufel kann jede Gestalt annehmen. Er hat unseren Bruder Johannes verführt. Jahrelang konnte er sein Werk in diesen heiligen Mauern verrichten. Doch das ist nun vorbei!", rief er über den Vorplatz des Klosters hinweg. Während die Bauern in Jubel ausbrachen, wurde das Tor aufgerissen und eine schemenhafte Gestalt in einer wallenden Kutte trat heraus, auf den Schultern saß eine Krähe, die wild mit den Flügeln schlug. Gabriel atmete erleichtert aus, als er seinen Neffen erkannte und bemerkte erst jetzt, dass er die Luft überhaupt angehalten hatte.

„Das Werk des Teufels!", schrie der Inquisitor mit glühenden Augen und deutete mit seinem Finger auf Johannes. Während Gabriel durch die Gruppe von Männern mit Mistgabeln und Fackeln schritt, summte er leise eine Melodie, die er bereits vor wenigen Stunden angestimmt hatte. Als er seinen Neffen erreichte, ergriff er dessen Hand und zog ihn mit sich.

„Keine Sorge, Johannes. Sie haben bereits vergessen, dass sie uns begegnet sind. Wir schlagen uns als landfahrende Schausteller durch. Mit unseren Fähigkeiten sollte uns das einiges an Ansehen einbringen.", raunte er Johannes zu, der mit schreckensgeweiteten Augen dem Inquisitor hinterher blickte.

„Als er mir die Hand reichte, ist etwas Seltsames geschehen, Onkel. Ich habe gesehen, dass eine finstere Macht, die kaum größer war als ein kleiner Faden, von ihm Besitz ergriffen hatte. Dieser Faden trägt das Böse in sich, Onkel. Er lässt die Menschen diese schrecklichen Dinge tun.", flüsterte er. Gabriel schauderte. Er sah Ruprecht vor seinem inneren Auge, dessen Schwert einen Teil der Finsternis in winzige Fetzen zersplittern ließ. Doch während er jahrelang angenommen hatte, diese Fäden seien abgestorben, hatte ihn Johannes gerade eines besseren belehrt. Sie hatten überlebt.

23: Ruprechts Vermächtnis

Als Ruprecht am Morgen die Augen aufschlug, blickte er endlich wieder auf den blutroten Samtbaldachin seines Bettes. Am Vorabend hatte er sich selbst aus dem Krankenhaus entlassen. Nachdem er die zahlreichen Formulare und Verzichtserklärungen unterschrieben hatte, konnte er das kollektive Aufatmen der Stationsschwestern geradezu hören. Er schlug die Decke beiseite und griff nach dem Katzenfutter, um Morgana zu besänftigen, die ihn ungeduldig anraunzte und um ihren Napf tänzelte. Als sie sich schließlich wieder auf seinem Bett zusammengerollt hatte, stieg er die Treppe hinab und setzte sich an den Rand der Terrasse, um die kühle Winterluft zu genießen. Unruhig wendete er ein kleines Stück Kohle in seinen Händen. Er wusste nicht, ob sein Vorhaben geglückt war, doch momentan blieb ihm nichts anderes übrig, als zu warten.

„Er ist gekommen.", verkündete Gabriel, der neben ihn getreten war und ihm einen Becher Kaffee reichte.

„Ich weiß, dir gefällt mein Plan nicht. Aber ich frage dich: hast du eine bessere Idee?", setzte er hinzu, als sich sein Gegenüber nicht rührte.

„Mit dir rede ich kein Wort mehr. Wie konntest du mir verschweigen, dass Johannes, oder John wie er sich nun nennt, mein Sohn ist?", zischte Ruprecht.

„Es hätte dich von deiner Aufgabe abgehalten. Du hättest dich nur noch um die Belange deiner Familie gekümmert." Gabriel kochte vor Wut, doch war er vor allem auf sich selbst sauer. Er konnte nur sich selbst die Schuld daran geben, dass er die Münzen verwechselt hatte. Aus Versehen hatte er Ruprecht seine eigene Münze mit seinen eigenen Erinnerungen gereicht und ihn so sehen lassen, was er einst durchlebt hatte, seit sich ihre Wege getrennt hatten.

„Komm mir jetzt nicht mit dem Wohl der gesamten Menschheit. Hast du mal an mein Wohl gedacht?", schrie er.

„Immerzu."

„Pah.", spie Ruprecht aus, ehe er sich hochstemmte und in das abgedunkelte Wohnzimmer stapfte. Dort saß Jan Seifelt mit blassem Gesicht und geröteten Augen in seinem Sessel. Er las der schlafenden Ella aus einem Comic vor und beschrieb ihr detailliert die bunten Abbildungen.

„Ich gebe zu, ich hätte nicht damit gerechnet, dass Sie heute hier auftauchen.", gestand Ruprecht.

„Ich habe es bis gerade auch nicht gewusst. Aber das bedeutet nicht, das ich zustimme.", flüsterte er in Ellas Richtung und legte den Comic beiseite. Ruprecht reichte dem jungen Mann seine unangerührte Tasse Kaffee und nahm im zweiten Sessel ihm gegenüber Platz.

„Ich nehme an, Sie haben noch ein paar wenige Fragen."

„Durchaus. Ihre kryptische Mitteilung, dass Ella ein Engel sei, der im Sterben liegt und nur ich sie und damit die Menschheit retten könne, indem ich wie Sie, der wahre Knecht Ruprecht, werde war ein bisschen wage, denken Sie nicht auch?"

„Jetzt, da Sie es erwähnen, haben Sie vermutlich Recht.", gestand Ruprecht, ehe er tief Luft holte und Jan grob seine eigene Vergangenheit skizzierte.

„Ich trage seither eine Art Dämon in mir, der jahrhundertelang mein gesamtes Denken und mein Handeln beherrscht hat. Er verlieh mir das Gefühl von unbändiger Macht und Stärke. Doch dieses Gefühl forderte einen sehr hohen Preis. Man zahlte mit Verderben, Blut und Tod. Erst als ich all jene bestraft hatte, die zur Ermordung meiner Frau beigetragen hatten, flammte in mir die Erkenntnis auf, dass ganz gleich was ich tue oder wen ich bestrafe, mir keine Macht auf dieser Welt meine Perchta zurückbringen kann. Der Gedanke kam mir zwar reichlich spät, aber das lässt sich leider nicht mehr ändern. Doch die Erinnerungen an Perchta haben mir schließlich die Kraft gegeben, den Dämon in meinem Inneren einzuschließen. Er rebelliert in seinen Ketten, aber ich lasse mich nicht mehr von ihm verführen. Durch seinen Kampf gegen sein Gefängnis verleiht er mir jedoch die Möglichkeit nach wie vor auf seine Fähigkeiten zurückzugreifen, wenn ich sie benötige. Es ist recht nützlich auf meiner Mission." Ruprecht ließ für einen kurzen Augenblick seine Augen und Fingerkuppen rot aufglühen. Befriedigt stellte er fest, dass Jan ausreichend beeindruckt dreinblickte.

„Was genau ist Ihre Mission? Ich kenne Knecht Ruprecht nur aus Erzählungen rund um Weihnachten als Mann, der bösen Kindern Kohle bringt.", hakte Jan nach.

„Bevor die finsteren Mächte dieses Dämons in meinem Körper Quartier bezogen hatten, kämpfte ich gegen ihn. Dabei ist ein Teil dieser Kreatur zersplittert. Doch anstatt zu sterben, haben sich diese Splitter immer wieder einen neuen und möglichst mächtigen Wirt gesucht, der sie nährte und den sie zu schrecklichen Taten verführen konnten. Diese Taten ließen sie selbst an Macht gewinnen und gedeihen. Ihnen fallen sicherlich diverse grausame Begebenheiten in der Menschheitsgeschichte seit der Inquisition ein." Jan nickte und Ruprecht konnte sehen, wie sein Gegenüber diverse Lektionen aus dem Geschichtsunterricht und das aktuelle Zeitgeschehen rekapitulierte.

„Durch meine Kräfte konnte ich diese Splitter aufspüren. Denn wie sich herausstellte, waren menschliche Körper nur bedingt geeignet dafür, der Finsternis dauerhaft zu dienen. Sie sehnten sich danach, zu ihrem Ursprung zurückzukehren.", fuhr Ruprecht fort.

„Und der größte Teil dieses ursprünglichen Dämons wohnte ja in Ihnen, somit wollten die Splitter Sie.", kombinierte Jan.

„Korrekt. Ich konnte der Kraft in mir jedoch nicht erlauben weiter zu wachsen, sonst hätte sie die Ketten wohlmöglich doch sprengen können. Daher entwickelte ich eine Methode, sie einzusperren.", erklärte er und hielt ein Stück Kohle in die Höhe.

„Ah, den Part kenne ich.", ergänzte Jan, froh darüber nicht gänzlich ahnungslos dazustehen.

„Endlich mal etwas, das beinahe korrekt überliefert wurde.", witzelte Ruprecht.

„Beinahe?", echote Jan.

„Sobald ich einen Splitter der Finsternis aufgespürt hatte, erschuf ich ein Stück Kohle. Während ich diesen Brocken überreicht habe, nutzte ich meine Fertigkeiten, um den dunklen Teil des Menschen anzulocken und aus ihm herauszuziehen und in die Kohle hineinzupressen. Das ist nur in dem Augenblick möglich, in dem beide Hälften der Finsternis die Kohle berühren. Sobald der Splitter in dem Stück Kohle gefangen war, konnte er seinem Wirt nicht mehr schaden. Und wie sich herausstellte, reagiert die Finsternis äußerst schlecht auf Feuer.", berichtete er.

„Somit haben sie die vermeidlich bösen Kinder von den Dämonenstückchen befreit und dafür gesorgt, dass diese Stücke verbrannt wurden.", setzte Jan zusammen.

„Sie denken mit.", kommentierte Ruprecht.

„Was hat das denn nun mit Ella zu tun?", fragte Jan und drückte leicht ihre kalte Hand.

„Durch einen dummen Zufall, den man durchaus hätte verhindern können, wenn ein gewisses Mitglied des Ältestenrates nicht geschwiegen hätte, gelangte ein winziger Bruchteil dieser Finsternis in Ellas Heimat und vergiftete dort nicht nur die gesamte Umwelt, sondern auch zahlreiche ihrer Art. Ella hat lange gegen die Finsternis gekämpft, doch letzten Endes wurde sie von ihr übermannt."

„Dann vollführen Sie doch ihren kleinen Trick an ihr.", unterbrach Jan. Ruprecht deutete auf das Stück Kohle in seinen Händen.

„Das habe ich. Die Finsternis hat jedoch zu viel Platz in Ella eingenommen. Würden wir die Kohle verbrennen, bedeutete es Ellas Tod."

„Und wenn nicht?", erkundigte sich Jan, bemüht den Ausführungen des düsteren Mannes zu folgen.

„Wenn wir alles so belassen, bekommen wir ein riesiges Problem. Ella und ich haben zu Beginn des Monats eine Wette abgeschlossen, die ich zu verlieren beabsichtigt hatte. Denn das würde mir die Möglichkeit geben, endlich wieder an der Seite meiner Perchta zu sein. Damals wusste ich noch nichts über den Ausmaß von Ellas Zustand. Daher werde ich heute um Punkt Mitternacht meine Kräfte verlieren und somit auch den Dämon in meinem Inneren. Er wird dadurch gewissermaßen ersticken. Doch all jene Splitter der Finsternis, die bisher nur gefangen, aber noch nicht verbrannt wurden, werden dadurch wieder freigelassen, denn der Bann um die Kohle bricht im gleichen Augenblick."

„Ella würde somit wieder zum Werkzeug der Finsternis.", schloss Jan.

„Wenn wir jedoch einen Teil meines Dämons auf Sie übertragen, würde der Bann bestehen bleiben und somit Ella retten."

„Aber warum kann sie es Ihnen nicht gleichtun und die Finsternis anketten?", fragte Jan verwirrt.

„Das ist ein wenig komplizierter. Als die Finsternis von mir Besitz ergriffen hat, hatte sie eine immense Macht inne, die ich zu jenem Zeitpunkt willkommen geheißen habe. Dennoch war diese Finsternis stets so etwas wie ein Fremdkörper oder ein Parasit in mir. Gegen einen Fremdkörper kann man ankämpfen. Ella hingegen wurde von einem dieser winzigen Splitter eingenommen, der in ihr herangewachsen ist und sich dabei an die Begebenheiten ihres Körpers anpassen konnte. Er ist somit ein Teil von ihr geworden.", erklärte Ruprecht.

„Ich verstehe. Aber Ihr Plan hat einen ziemlich großen Fehler.", erwiderte Jan.

„Was ist Ihnen aufgefallen? Ich bin sicher, ich kann ihn ausräumen."

„Sie sagten, menschliche Körper seien nicht geeignet. Wenn Sie mich als neuen Wirt wählen, wäre Ihre Lösung somit nur temporär."

„Nun, Sie haben Recht. Das habe ich gesagt. Aber mit einer Annahme liegen Sie falsch.", korrigierte

Ruprecht und grinste Jan an. Auf diesen Part und ganz besonders Jans verwirrten Gesichtsausdruck hatte er sich am meisten gefreut.

„Mitkommen.", ordnete Ruprecht an und eskortierte Jan vor den Spiegel im Badezimmer. Er drehte den jungen Mann so, dass er seinen eigenen Nacken sehen konnte und berührte kurz seinen Arm.

„Was ist denn das? Woher kommt das? Wie machen Sie das?", fragte Jan und fuhr verwundert über das Symbol auf seinem Nacken.

„Ich kenne das Zeichen. Ella trägt es an ihrer Halskette.", murmelte er, während Ruprecht seinen Ärmel hochkrempelte und auf die Tätowierung des gleichen Symbols deutete.

„Ella, Gabriel und ich entstammen demselben Geschlecht. Dieses Zeichen ist das Wappen unserer Heimat. Perchta hingegen war einst ein Mensch. Sie gebar Zwillinge kurz bevor sie starb. Sie und alle ihre Nachkommen vereinen somit beide Blutlinien.", offenbarte er.

„Wir sind verwandt?"

„Von allen Dingen, die ich Ihnen erzählt habe schockiert Sie das am meisten?", fragte Ruprecht ungläubig.

„Irgendwie schon.", murmelte Jan und starrte noch immer auf seinen Nacken, obwohl das Symbol bereits verblasst war.

„Jedenfalls sind Sie dadurch nicht ausschließlich menschlich und können es mit der Finsternis aufnehmen.", warf Ruprecht ein. Jan drehte sich ungläubig zu Ruprecht um.

„Gibt es niemand anderen? Ich meine, schauen Sie mich an. Sehe ich für Sie aus wie der geborene Krieger, der die Mächte der Finsternis bekämpft?", erwiderte er und deutete auf seine schlaksige Statur.

„In Anbetracht der verbliebenen Zeitspanne sind Sie unsere beste Wahl, dicht gefolgt von Ihrer Großtante Trude."

„Aber wer garantiert, dass ich es schaffe, die Finsternis in Ketten zu legen? Wenn Sie zu stark ist, werde ich zu einem Monster. Ich will nicht mordend und brandschatzend durch die Länder streifen."

„Oh, Sie haben den besten Lehrmeister der Welt.", antwortet Ruprecht und deutete auf sich selbst, während sie in das Wohnzimmer zurückkehren.

„Ich werde Sie anleiten und Ihnen alles beibringen, damit Sie das Vermächtnis von Knecht Ruprecht antreten können." Schnaufend ließ sich Jan auf den Sessel sinken.

„Wenn ich zustimme, was geschieht dann mit meinen Freunden und meiner Familie?", erkundigte er sich.

„Gabriel hat eine ganz exzellente Singstimme, die Menschen dazu bringen kann, gewisse Personen zu vergessen. Es darf sich niemand an Sie erinnern. Ihr plötzliches Verschwinden und Ihre neuen Fähigkeiten würden zu viele Fragen aufwerfen, die besser verborgen bleiben sollten. Auch wenn die Welt in einigen Teilen mittlerweile offener und toleranter geworden ist, so ist es dennoch für die Menschheit und Ihre eigene Sicherheit wichtiger, wenn Knecht Ruprecht weiterhin für ein Ammenmärchen und eine Figur aus einer weihnachtlichen Erzählung gehalten wird."

„Ich müsste also alles aufgeben.", flüsterte er.

„Trude wird sich vermutlich an Sie erinnern. Die alte Dame ist äußerst resistent unserer Magie gegenüber. Aber ihre rein menschlichen Freunde würden Sie vergessen.", bejahte Ruprecht. Jan seufzte. Lange betrachtete er Ella. Ruprecht ließ ihm die Zeit, über alles nachzudenken.

„Wissen Sie, was Ella auf dem Weihnachtsmarkt zu mir gesagt hat?", fragte er Ruprecht. Er verneinte.

„Sie wollte sich an mich halten, wenn die Apokalypse naht und meinte, ich würde dann vielleicht die Welt retten."

„Und werden Sie die Chance nutzen?"

„Wissen Sie, ich habe jahrzehntelang immer in Comics von den Superhelden gelesen und sämtliche Filme geschaut. Da kann ich doch nicht einfach ablehnen, oder?"

„Das würden Ihre Idole bestimmt nicht gutheißen.", stimmte Ruprecht zu und reichte Jan die Hand.

„Wie wollen Sie vorgehen?", fragte er.

„Ich selbst werde einen Teil meines Dämons in ein Stück Kohle sperren. Sie werden es an sich nehmen. Dann bricht Gabriel den Bann. Dadurch wird die Finsternis freigesetzt und auf Sie übergehen. Allerdings muss ich dafür den Dämon einen Augenblick lang freilassen. Deshalb nehmen Sie das hier. Für alle Fälle. Und scheuen Sie sich nicht, es zu benutzen.", erklärte Ruprecht und reichte Jan sein altes Schwert. Jan schluckte.

„Der nächste Schritt wird reichlich unschön. Vielleicht sollten Sie besser wegsehen.", meinte Ruprecht und nahm ein Stück Kohle aus dem Korb neben dem Kamin. Er setzte es sich selbst auf die Brust und schloss die Augen. Er atmete mehrfach tief ein und aus, ehe sich seine Finger um die Kohle krampften und rot aufglommen. Jan glaubte, ein gemurmeltes „Für Perchta" zu hören, doch er war sich nicht ganz sicher. Das Gemurmel wich einem ohrenbetäubenden Schrei, der Jans Ohren klingeln ließ. In dem Ton lag eine solche Wucht von Wut und Schmerz, dass Jans Hände um den Schaft des Schwertes zu zittern begannen. Dann war es plötzlich still und Ruprecht kippte zur Seite. Die Kohle kullerte aus seiner Hand und blieb vor Jans Füßen liegen. Gabriel hob sie auf und versperrte ihm die Sicht auf Ruprecht.

„Was ist mit ihm?", fragte Jan panisch.

„Das ist jetzt nicht wichtig.", entgegnete Gabriel mit Blick auf die große Standuhr. Mitternacht lag nur noch wenige Minuten entfernt.

„Kommen Sie mit in den Garten. Ich benötige die Kraft des Mondes, um den Bann zu lösen." Gabriel zerrte Jan hinaus und presste ihm die Kohle auf die Brust. Leise murmelte er in einem monotonen Singsang einige Worte. Die große Turmuhr der Kirche schlug zur vollen Stunde, als ein Beben durch Jans Körper fuhr und seine Augen rot zu glühen begannen. Mit dem letzten Schlag der Uhr riss Ella ihre Augen auf und holte rasselnd Luft.

24: Das Krippenspiel

Ein Jahr später:

Mit einer dampfenden Tasse heißer Schokolade in den Händen stand Ella vor dem Küchenfenster und betrachtete gedankenverloren das Treiben der Schneeflocken in ihrem Garten. Zwei schlanke Arme schlangen sich um ihre Hüfte und drückten sie an sich.

„Wunderschön, nicht wahr?", fragte Diabhal und hauchte einen Kuss auf Ellas Nacken.

„Wie geht es dir heute?", erkundigte sie sich, als Ella keinerlei Reaktion zeigte.

„Heute ist kein guter Tag, fürchte ich. Es ist genau ein Jahr her, seit..." Ella stockte.

„Ich weiß. Deshalb habe ich auch eine kleine Überraschung für dich, um dich abzulenken.", erwiderte Diabhal. Als wäre es abgesprochen, läutete just in diesem Augenblick die Türglocke.

„Na, geh schon.", forderte Diabhal Ella auf und schob sie in Richtung des Flurs.

„Was macht ihr denn hier?", fragte sie die kleine Truppe, die sich unter das kleine Vordach drängte. Jess grinste sie schief an und stülpte ihr eine Weihnachtsmütze über den Kopf.

„So, Frau Knecht. Da hier im Buchenhain immer noch keine Weihnachtsstimmung eingezogen ist, ändern wir das jetzt sofort.", verkündete sie und schob sich an Ella vorbei in den Flur.

„Aber bist du nicht der größte Weihnachtsmuffel in der Geschichte von Noellenberg?", hakte Ella nach und zitierte dabei Jessicas selbstgewählten Titel.

„Das ist korrekt. Aber hier kümmern wir uns noch umeinander. Und ich lasse es nicht zu, dass du an Heilig Abend Trübsal bläst.", erklärte sie, während sie Carrie, die komplett hinter einem Stapel Kartons verschwand in das Wohnzimmer lotste.

„Was habt ihr vor?", fragte Ella misstrauisch.

„Das volle Programm.", antwortete Carrie, die sogleich die Küche in Beschlag nahm und einen großen Topf Punsch auf dem Herd erwärmte.

„Achtung, aus dem Weg. Baum im Anmarsch.", ertönte Trudes Stimme von draußen, die zwei kräftige Männer mitsamt einer Tanne ins Wohnzimmer navigierte.

„Etwas weiter nach links, John.", diktierte sie dem Magier des Cirque Bizarre.

Als sie mit dem Standort des Baumes zufrieden war, befand Trude, dass sie als amtierende Seniorin der Gruppe das Recht hatte, im Sessel neben dem prasselnden Kaminfeuer Platz zu nehmen und alles von dort aus zu überwachen oder zu delegieren. Carrie reichte ihr einen dampfenden Becher Punsch und Trude pfiff nach Günther, der aufgeregt durch das Erdgeschoss wirbelte, um sämtliche Möglichkeiten abzuklappern, einen kleinen Leckerbissen abzustauben.

„Ah, Miss Carrie. Ich benötige kurz Ihre Expertise im Bereich der Legenden um Noellenberg.", bat John, um Carrie davon abzuhalten zurück in die Küche zu gehen, um dort ihre Vorbereitungen für das Plätzchen backen abzuschließen. Er kramte aus einem der zahlreichen Kartons mit Kugeln und Lichterketten ein glitzerndes Perleneinhorn hervor. „Ist Ihnen eine Legende bekannt, nach der es hier einst Einhörner gab?", erkundigte er sich.

„Nein, nicht das ich wüsste. Wenn man den Geschichten Glauben schenken will, trieben sich hier wohl eher die dunkleren Mächte herum.", antwortete sie.

„Aber Miss Carrie. Sie wissen doch, dass all diese Legenden wahr sind, oder? Das ist ja schließlich das große Geheimnis von Noellenberg und Sie sind die amtierende Wächterin der Legenden.", raunte er ihr zwinkernd zu, um sie in ein Gespräch über die zahlreichen Mythen des Ortes zu verwickeln, während der andere Träger des Baumes zu Ella in die Küche verschwand.

„Hey, Ella.", begrüßte er sie, während er seine Kapuze absetzte. Ella wirbelte herum und musterte ihr Gegenüber ungläubig. Beinahe hätte sie ihn nicht erkannt. Er sah anders aus. Seine schlaksige Figur war einem breiten Kreuz und muskulös definierten Armen gewichen, die in anschmiegsames Leder gehüllt waren. Seine Haare trug er zu einem Zopf zusammengebunden und die einst so markante Hornbrille fehlte.

„Jan?", stotterte sie, unschlüssig, wie sie sich verhalten sollte.

„Der einzig Wahre.", witzelte er und zog Ella in eine Umarmung.

„Ich kann nicht glauben, dass du hier bist. Nicht, nach allem, was du geopfert hast.", nuschelte Ella an seiner Brust. Jan rückte ein wenig von ihr ab, damit er Ella in die Augen sehen konnte.

„Du warst es mir wert. Denn du hast seit unserem Ausflug zum Weihnachtsmarkt an mich geglaubt. Und daran, dass ich eines Tages die Welt retten könnte. Jetzt habe ich die Chance dazu bekommen.", erwiderte er eindringlich.

„Aber du musstest hier alles aufgeben. Deine Familie, deine Freunde und dein Leben. Du hast einen Teil des Urbösen aufgenommen, um mich zu retten."

„Ja, aber dadurch konnte ich alle schützen, die mir etwas bedeuten. Hast du nicht eine ähnliche Entscheidung gefällt, als du die Finsternis aus deiner Heimat in dich aufgenommen hast, um deine Familie zu retten?"

„Das lässt sich nicht vergleichen. Schau dir an, was ich getan habe.", widersprach Ella.

„Ach, papperlapapp. Ella, Liebes, du hast meinem Lieblingsgroßneffen endlich eine Aufgabe gegeben, mit der er seine Stärken einsetzen und Großes erreichen kann. Ich bin furchtbar stolz auf ihn. Wer kann denn schon behaupten, einen Weltenretter in der Familie zu haben?", schaltete sich Trude ein, die ihren Punschbecher in der Küche auffüllte.

„Außerdem warst das nicht du, Ella. Die Finsternis hat all die schlimmen Dinge getan. Und glaube mir, auch ich war im vergangenen Jahr mehrfach kurz davor, den Kampf gegen sie zu verlieren.", setzte Jan hinzu.

„Trude und John waren immun gegen die Magie eures Ältesten. Carrie als Hüterin der Legenden scheint ebenfalls nicht alles vergessen zu haben.", flüsterte Diabhal.

„Und Jessica hat als neue musikalische Leitung des Cirque Bizarre auch den ein oder anderen Vorteil. Außerdem würde ich doch nie meinen besten Freund und unsere legendären Rollenspielabende vergessen.", flötete Jess, die im Türrahmen gelehnt stand. Jan stöhnte auf.

„Wie oft hast du das mit dem Zirkus jedem hier jetzt unter die Nase gerieben?", erkundigte er sich.

„Och, erst circa zweihundert Mal.", entgegnete Jess und knuffte Jan spielerisch in die Seite. Während sie sich auf die Zutaten stürzte, um gemeinsam mit Ella und Jan Teig zu kneten, erzählte Jan den beiden von seinen Erlebnissen der vergangenen Monate.

„Es hat etwa drei Monate gedauert, bis ich die Finsternis soweit im Griff hatte, dass ich wieder unter Menschen durfte. Auch wenn es danach stetig einfacher wurde, gab es hin und wieder noch herbe

Rückschläge. Die Artisten des Cirque und ganz besonders John waren mir eine ziemlich große Stütze während dieser Zeit. Ab heute Abend geht dann meine eigene Reise los und ich werde die Mission von Ruprecht fortführen, um die Menschen von den Fäden der Finsternis zu befreien.", erklärte er. „Aber du kommst doch gelegentlich mal hier vorbei, oder?", erkundigte sich Ella.

„Versprochen.", schwor Jan und reichte Ella die Hand.

Schon bald wehte der Duft frisch gebackener Plätzchen durch das kleine Häuschen im Buchenhain, während im Wohnzimmer der Baum mit Unmengen von Lichterketten und dunkelroten Kugeln behangen wurde. Jess reichte Ella den scheußlichsten Strickpullover mit weihnachtlichen Motiven, den Ella je gesehen hatte.

„Doch, den ziehst du an. Die Ugly Sweater haben hier Tradition.", erstickte sie sämtliche Proteste Ellas schon im Keim. Als sie das Badezimmer wieder verließ, empfingen sie aus dem Wohnzimmer die leisen Pianoklänge eines besinnlichen Liedes und das prasselnde Kaminfeuer hüllte Ella in eine wohlige Wärme. Ihre Freunde hatten ganze Arbeit geleistet und den gesamten Raum verwandelt. Den Kaminsims zierte eine Reihe von prall gefüllten Weihnachtssocken, auf denen die Namen ihrer Freunde eingestickt waren. Selbst Günther hatte seine eigene Socke, aus dem neben einer großen Packung Leckerli auch zahlreiche neue Spielzeuge herauslugten. Staunend trat Ella näher und betrachtete das Werk, das ihre Freunde unter den wachsamen Augen von Trude gezaubert hatten. Beinah jede freie Fläche des Raumes war mit Tannengrün, Lichterketten und roten Schleifen geschmückt. Selbst die zugezogenen Vorhänge waren nicht verschon geblieben. Auf dem Tisch brannten die Kerzen eines Adventskranzes, in deren Mitte eine Schneekugel die Miniaturvariante von Noellenberg mit funkelnden weißen Punkten bedeckte. Doch immer wieder wurden Ella Augen wie magisch von dem Herzstück des Raumes angezogen. Ein riesiger Tannenbaum, der bis unter die Decke reichte, hatte seinen Platz inmitten des Zimmers gefunden. Endlos viele kleine Lichter ließen die roten Kugeln erstrahlen, die neben zahlreichen Zuckerstangen, Strohsternen und selbstgebastelten Figuren die feinen Äste des Baums zierten.

„Setz dich, Liebes.", forderte Trude Ella auf, während sie einen Teller voller bunter Süßigkeiten und den frisch gebackenen Plätzchen herumreichte. Ella nahm einen der immer noch warmen Vanillekipferl und biss hinein. Sie spülte das Plätzchen mit einem Schluck Punsch hinunter und nahm auf dem Sofa neben Jan und Diabhal Platz. Günther legte sich schwanzwedelnd auf ihre Füße und ließ sich mit einigen Streicheleinheiten verwöhnen. Zum ersten Mal seit einem Jahr fühlte Ella, umringt von ihren besten Freunden, wie eine Welle der Ruhe all ihre Sorgen fortspülte. Sie kuschelte sich etwas enger an Diabhal, die ebenfalls einen Strickpullover trug. Während sie die Plätzchen und den Punsch vertilgten, erzählten sie reihum von ihren schönsten oder lustigsten Weihnachtsanekdoten.

„So Ella, wir haben alles zusammengeschmissen und daher noch eine kleine Überraschung für dich.", verkündete Jess, nachdem sie sich sehr lebhaft über die Vorliebe ihrer Katze zu Tannenbaumschmuck beschwert hatte. Sie überreichte ihr ein kleines Packet in goldener Folie mit einer riesigen roten Schleife darauf.

„Los, aufmachen.", drängte John und grinste voller Erwartung auf Ellas Gesicht, wenn sie das Geschenk ausgepackt hatte, von einem Ohr zum anderen. Umsichtig entfernte Ella das Schleifenband und zog an den Klebestreifen. Eine Box mit einem kleinen Handtuch, zahlreichen Tiegeln voller Cremes und Ölen lagen unter einem Umschlag.

„Ein Gutschein für einen Wellnessurlaub mit Diabhal?", las sie ungläubig vor.

„Ja, aber das Beste hast du noch gar nicht gesehen. Ihr bekommt eine Schokomassage. Du liebst das Zeug doch über alles, oder? Und ihr beiden werdet dadurch noch süßer.", antwortete John und wackelte vielsagend mit den Augenbrauen.

„Das ist wahrlich unglaublich.", dankte Ella ihren Freunden und meinte damit nicht nur das Präsent in ihrer Hand, sondern den gesamten Tag.

„Der Tag heute ist aber noch nicht vorbei.", warf Trude ein, als hätte sie Ellas Gedanken erraten.

„Richtig. Aber dafür müssen wir einen kleinen Spaziergang machen.", fügte Jan hinzu und hakte sich zwischen Jess und Ella unter, während ihr anderer Arm von Diabhal in Beschlag genommen wurde. Gemeinsam schlenderten sie in Richtung der Felder des alten Reed.

„Heute ist Generalprobe und ihr werdet die ersten sein, die unser neues Weihnachtsprogramm sehen.", erklärte Jess aufgeregt, während sie die Tore des Cirque passierten, auf dessen Gelände noch zahlreiche Schausteller ihren Buden noch den letzten Feinschliff verpassten. Sie winkte ihnen noch kurz zum Abschied zu, um sich zu einer letzten Besprechung mit ihrer Band zu treffen, bevor die finale Probe starten konnte.

„Ich wollte schon immer einmal in so einer VIP Loge sitzen.", schwärmte Trude, während sie es sich in den gemütlichen Sesseln des kleinen abgesperrten Bereiches gemütlich machte und ihren Zwergspitz neben sich setzte, damit auch er einen guten Ausblick auf die Manege hatte. Ella hatte kaum ihren Platz eingenommen, als die Lichter erloschen. Ein einzelner Scheinwerfer erhellte die Mitte der Manege, während seichte Geigenklänge einsetzten.

„Herzlich Willkommen, werte Damen und Herren, zum Cirque Bizarre. Wenn Sie dachten, letztes Jahr hätten wir Ihnen ein höllisch heißes Programm geboten, dann halten Sie nun besser den Atem an. Denn in diesem Jahr präsentieren wir Ihnen, passend zur Jahreszeit, ein Krippenspiel, das Sie so sicherlich noch nie gesehen haben.", begrüßte eine dunkle Stimme die Besucher. Der Mann in der Mitte des Lichtkegels hatte seinen Zylinder tief in sein Gesicht gezogen. Ein spöttisches Grinsen umspielte seine Lippen und als er den Kopf anhob, wuchs es zu einem wahrhaften Lächeln heran. Ella war gekommen und saß zwischen Diabhal und Carrie in der ersten Reihe. Sie wirkte glücklich. Sie hatte seine Blicke bemerkt und nickte ihm zu. Er hätte sie gern im Ensemble des Cirque mitgenommen. Doch er wusste, dass sie noch nicht loslassen konnte. Bis es soweit war, würde er sie jedes Jahr mit seinem Sohn besuchen. Erst gemeinsam mit John eine Kerze für Perchta an der alten Weide entzünden und anschließend noch auf ein Stück Schokokuchen im Buchenhain vorbeischauen. Irgendwann würden Ella und Diabhal sein Angebot annehmen. Und wenn er etwas konnte, dann war es warten. Auch wenn er manchmal die Kräfte der Finsternis vermisste, fühlte er sich so gut wie seit Ewigkeiten nicht mehr. Seitdem er im vergangenen Jahr kurz nach Mitternacht den Kampf gegen die Kreatur in seinem Körper gewonnen hatte, fühlte sich dieser Ort für ihn wie Heimat an. Die Finsternis in seinem Inneren war fort und ihm standen nun sämtliche Möglichkeiten offen. Er war sofort zum Cirque geeilt, um John zu sehen. Seinen Sohn. Der Magier des Cirque hatte bereits am Eingangstor auf ihn gewartet, mit einem Brief von Gabriel in der Hand. Etwas zögerlich hatten sie sich umarmt.

„Onkel Gabriel schreibt, er wäre heimgekehrt, um dort alles wieder aufzubauen, was die Finsternis zerstört hat. Und das du mein leiblicher Vater seist.", hatte er in atemberaubender Geschwindigkeit von sich gegeben.

„Ich habe es auch erst gestern erfahren.", murmelte Ruprecht.

„Hätten wir es nicht bei deinen Besuchen im Cirque oder unseren anschließenden Sauforgien merken müssen?", fragte John. Ruprecht kratzte sich grübelnd am Kinn.

„Optisch sind wir beinahe in einem Alter und ich bin immer davon ausgegangen, dass Perchta..." Er brach ab. John nickte wissend.

„Aber ich glaube, du hast meine Nase.", überlegte Ruprecht lächelnd. John stimmte mit ein und bald zogen sie Arm in Arm unter schallendem Lachen in Richtung des Artisten Quartiers.

„Soll ich jetzt Dad zu dir sagen, Rup?"

„Wenn du magst.", entgegnete Ruprecht achselzuckend. Er wollte die Entscheidung John überlassen.

„Okay, Dad. Aber unsere Trinkgelage hören jetzt nicht deswegen auf, oder? Du bist schließlich der Einzige, der mir hier das Wasser reichen kann."

Ruprecht musste lächeln, als er an diese Begegnung zurückdachte. Die Antwort auf die Frage, was er mit den unendlich vielen Möglichkeiten anstellen wollte, die ihm nun blieben, war ihm in diesem Moment klar geworden. Nachdem er Jan trainiert hatte, würde er Gabriels Position im Zirkus, übernehmen. Der Cirque war mehr als nur sein rechtmäßiges Erbe. Er war sein Familienbetrieb.

Ruprecht sog tief die Luft ein und ließ seine Stimme laut durch das Zelt schallen.

„Ich wünsche Ihnen frohe Weihnachten und mögen die Spiele beginnen."

ENDE

Danksagung

Ich möchte zuallererst euch allen danken, für die Aufmerksamkeit und die Zeit, die ihr der Geschichte geschenkt habt.
Gerade in der (heutzutage mitunter sehr stressigen) Vorweihnachtszeit ist das nicht immer selbstverständlich.

Weiterhin gilt mein Dank natürlich auch meiner Familie, meinen Freunden und meiner Büro-Familie, die nicht nur meine Launen während des Schreibprozesses ertragen „durften", sondern mir auch immer beigestanden haben, sei es mit Ratschlägen, Schokolade oder einem motivierenden Tritt in den Hintern.

Ein großes Dankeschön geht auch an meine Testleserinnen Britta, Gudrun, Saskia und Mama, mit denen dieses Buch den finalen Touch bekommen hat.
Ihr seid die Besten!

Und Danke an alle, die ich in dieser Auflistung versehentlich vergessen habe zu erwähnen!

Übersicht QR Codes

Falls ihr nach dem Inhalt eines bestimmten QR Codes sucht, aber nicht alle 24 auf gut Glück durchscannen wollt, gibt es hier eine kurze Auflistung der Inhalte:

01: Konzept Zeichnung „Haus Knecht"

02: Rezept: Spitzbuben

03: Bastelanleitung Türkranz

04: Playlist „Ella"

05: Titelseite Noellenberger Kurier

06: Rezept: Heiße Lebkuchenschokolade

07: Flyer Cirque Bizarre

08: Konzept Fotografie „Ruprecht"

09: Anleitung „Plastikfreie Verpackungen"

10: Comicstrip „Satansbruder"

11: DIY Anleitung: Kerzen ziehen

12: Rezept: 3 Gang Weihnachtsmenü

13: Schwerter und Flügel Wappen

14: Social Media Aktion: #DGVN

15: Konzept Foto: „Ella"

16: Vorlage Bullshit Weihnachts-Bingo

17: Bauanleitung: Lebkuchenhaus Knecht

18: Rezept: Zimtschnecken

19: Karte Noellenberg

20: DIY Anleitung: Erinnerungsglas

21: Playlist: „Ruprecht"

22: Download: Kalender

23: Playlist: „Loud X-Mas"

24: Weihnachtsgruß